이 멋진
세계에
축복을!
13
리치에게
보낸
도전장

팔락
"저기, 그거
나한테 안 팔래?"
"이딴 걸 만들면 어떡해요!
이거, 팬티까지
벗길 수 있게 되어 있잖아요!"
"어쩔 수 없잖아.
용돈이 바닥났단 말이야."
메구밍

폭렬특공
미니 메구밍
아쿠아
"점토 피규어 제2탄,
폭렬특공 미니 메구밍이야.
꽤 잘 만들었으니까,
이것도 분명 비싼 값에 팔릴 거야."

이 순간, 근처에서 한 모험가가
몬스터에게 습격을 당하고 있었지만,
아쿠아와 위즈는 눈길 한 번 주지 않으
곡괭이질만 했다
"비, 빛이……!!"
위즈

"힘내자, 카즈마!
타임 리미트는 해가 질 때까지!
배낭이 빵빵해질 때까지
캐고 또 캐는 거야!"

정체불명의 남자
“이곳으로 부른 이유는 이미 알고 있겠지?
전에 만났을 때도 말했다시피…….
나는, 너만을 생각하며, 일편단심으로
이 몸을 단련해왔다!”
?
“아무래도
저 남자는,
위즈에게
고백을 하러
온 것 같아.”

“저저, 저한테,
집에 들어앉으라는
건가요……?!”

이 멋진 세계에 축복을! 13

리치에게 보낸 도전장

CONTENTS

리치에게 보낸 도전장

이 멋진 세계에 축복을! 13

아카츠키 나츠메 지음
미시마 쿠로네 일러스트
이승원 옮김

Character
아쿠아
직업 아크 프리스트
그 누구도 제어할 수 없는 물의 여신. 특기는 연회용 장기자랑.
카즈마
직업 모험가
백수 기질이 있는 주인공. 행운 수치 하나만 비정상으로 높다.
다크니스
직업 크루세이더
방어 전문 마조히스트 여기사. 실은 귀족 가문 아가씨.
메구밍
직업 아크 위저드
홍마족 제일의 천재. 폭렬마법 이외에는 전혀 흥미가 없다.
촘스케
젤 킹
바닐
연령 미상의 대악마. 위즈의 가게에서 일하고 있다.
위즈
액셀 마을에서 매직아이템 가게를 운영하고 있는 점주. 평화주의자지만 리치.

프롤로그

액셀 마을 뒷골목에 존재하는 마도구점에서는 평소와 마찬가지로 고성이 오가고 있었다.

“쓰레기 같은 물건만 들여놓는 희귀하기 그지없는 스킬을 지닌 레어 점주여. 이 몸 앞에 있는 이 잡동사니에 대해 설명해주실까.”

“레, 레어 점주……. 바닐 씨가 아무리 칭찬을 해도, 저는 이 물건을 꼭 들여놓을 거예요.”

“칭찬하는 게 아니다, 이 얼간이 점주야! 헛소리 그만하고 이 물건의 장점이나 말해봐라!”

바닐이 고함을 지르자 위즈는 겁을 먹은 듯한 반응을 보이면서 봉제인형을 내밀었다.

“이번에 들인 상품은 바로 봉제인형이에요! 물론 귀엽기만 한 인형이 아니죠. 이 인형에 소유자로 등록을 해두면, 자동적으로 소유자를 쫓아가는 멋진 상품이에요! 이게 유행한다면, 이 세상에서 미아가 완전히 사라질 거예요!”

“오호라. 그럼 단점은 대체 뭐지?”

“그게 말이죠! 미아가 안 됐을 때도 항상 쫓아다니기 때문에, 한밤중에 화장실에 간 아이가 울음을 터뜨리는 일 정도예요!"

바닐은 그 말을 듣더니 매입용지에 X표를 했다.

"바닐 씨는 미아가 된 아이들을 돕고 싶지 않은 건가요?!"

"그러는 그대는 미아가 아닌 아이들을 펑펑 울려야 직성이 풀리는 것이냐?!"

마도구점의 문을 연 우리 앞에서는 평소와 다름없는 광경이 펼쳐지고 있었다.

바닐에게 혼나고 풀이 죽은 위즈가 우리를 향해 고개를 돌리더니 인사하면서 미소를 지었다.

그런 위즈를 향해 누군가가 조그마한 꽃을 내밀었다.

꽃을 내민 이는 바로 실피나였다.

얼마 전, 이 마을의 모험가를 비롯해 수많은 사람들이 힘을 써준 덕분에 목숨을 부지한 귀족 소녀다.

"언니, 저번에 도와줘서 정말 고마워요……!"

실피나는 배시시 웃으며 그렇게 말했고 위즈는 그녀와 눈높이를 맞추면서 입을 열었다.

"이곳, 위즈 마도구점에는 손님 여러분에게 도움이 되는 온갖 물건이 구비되어 있답니다. 또 몸이 나빠지거나, 난처한 일이 생기면…… 언제든 찾아오세요."

그렇게 말한 위즈는 눈앞의 소녀를 향해 상냥한 미소를 지었다.

제1장 이 보물섬과의 만남에 축복을!

1

모험가 길드 안에서 굵직한 목소리가 울려 퍼졌다.

"엄마~!"

"감히 귀족을 놀려?! 이 멍청한 놈들, 이쪽으로 와봐라! 너희 모두 확 죽여 버리겠다!"

얼굴이 새빨개진 다크니스가 자기를 엄마라고 부른 남성 모험가에게 달려들었다.

그 남자는 다크니스의 주먹을 손쉽게 피하더니, 질리지도 않는지 또 이런 소리를 늘어놓았다.

"엄마~! 왜 화내는 거야? 배고파, 엄마~! 젖 좀 꾸엑!"

하지만 놀리면서 도망을 치다 다크니스에게 멱살을 잡힌 그 남자는 결국 돼지 멱따는 듯한 소리를 냈다.

화가 난 나머지 관자놀이의 혈관이 불거진 다크니스는 그 모험가를 잡고서야 희희낙락했다.

바로 그때였다.

"저기, 다크니스? 연회 자리에서 폭력을 휘두르는 건 매너 위반이거든? 즐거워하고 있는 다른 사람들을 보란 말이야. 다크니스도 이제 분위기 파악이라는 걸 하는 게 어때?"

아쿠아가 차분한 어조로 그렇게 말하자, 다크니스는 자신을 엄마라 부르며 놀리던 모험가를 놔주고 그대로 무너지듯 무릎을 꿇었다.

"내, 내가, 아쿠아에게 분위기 파악을 하라는 소리를 듣다니……."

다크니스는 엄청 충격을 받은 반응을 보였고, 어떤 여성 모험가가 히죽히죽 웃으면서 그런 그녀에게 다가갔다.

"엄마~! 나도 약 재료 모으는 걸 도왔으니까, 찌찌 좀…… 아야야야야야야얏!"

그리고 다크니스를 놀리려다, 도리어 가슴을 꽉 움켜잡힌 바람에 비명을 질렀다.

"찌찌라면 여기에도 있지 않느냐! 좋다! 내가 직접 짜주마!"

"그만해, 라라티나! 빨리 놔~! 가슴이 뜯겨져 나가겠어~!"

—얼마 전에 다크니스의 딸……이 아니라 친척인 실피나가 병에 걸려 쓰러지자, 다들 그녀를 치료할 약을 구하기 위해 백방으로 분주하게 뛰어다녔다.

그 약의 효과는 엄청났으며 실피나는 우리와 함께 소풍을

갈 수 있을 정도로 회복됐다. 지금은 다크니스의 본가에서 매일 학교에 다닐 만큼 몸이 좋아졌다.

그런 실피나가 모험가들에게 답례를 하고 싶다는 말을 했다.

그리고 다크니스와 함께 모험가 길드에 온 실피나의 모습을 본 모험가 중 한 명이, 정말 잘됐다며 술을 벌컥벌컥 들이킨 것이 이 술판의 발단이 됐다.

"애도 있는 자리에서 찌찌~ 찌찌~ 같은 소리 좀 하지 마! 우리 메구밍이 기분 나빠 하니까 찌찌란 말을 입에 담지 말란 말이야!"

"그러는 아쿠아가 찌찌 소리를 가장 많이 하고 있거든요?! 그리고 저는 딱히 기분 나쁘지 않아요! 제가 가슴에 콤플렉스를 가지고 있는 듯한 발언 좀 하지 말아 주세요!"

순식간에 연회장으로 변한 길드 안 곳곳에서는 실피나의 회복을 축하하는 목소리와 건배를 하는 소리가 들려왔다.

그 중심에는 물론—.

"여, 여러분, 정말 감사해요. 여러분 덕분에 건강을 되찾았어요……."

부끄러운지 얼굴이 새빨개진 실피나가 기어들어가는 목소리로 그렇게 말하면서 미소를 지었다.

실피나의 감사 인사를 들은 모험가들이 또 환호성을 질러댔다.

"자, 다크니스가 사는 거니까 실컷 마시자! 오늘은 정말 기분이 좋으니까, 비장의 필살 개인기를 보여줄게!"

"으, 으으……. 요즘 들어 모험가 길드에 올 때마다 놀림을 당하는 느낌이 드는데, 대체 어쩌다……."

다크니스는 주정뱅이들에게 놀림 및 찌찌~ 발언을 쉴 새 없이 듣고 있었다.

나는 부끄러운지 고개를 푹 숙인 다크니스를 감싸듯이 그녀의 앞에 서서……!

"어이, 다들 적당히 좀 해!"

"카, 카즈마……."

내가 버럭 고함을 치자 길드 안이 조용해졌다.

다크니스의 기대에 찬 시선이 등 너머에서 느껴지는 가운데, 나는 이것만은 딱 잘라 말해야겠다는 듯이 단호한 어조로 선언했다.

"이 찌찌는 내거라고!"

"확 죽어버려라!"

다크니스가 내 목을 졸라대는 가운데…….

건강을 되찾은 덕분에 얼굴에 혈색이 도는 실피나가 배시시 웃었다.

2

―내 이름은 사토 카즈마.

요즘 들어, 평온한 나날을 보내고 있다.

원래는 판타지 세계에서의 모험을 동경해서 이 세계에 왔지만, 지금까지 모험가다운 퀘스트는 한 번도 하지 못했다.

하지만 나는 얼마 전에 병약한 여자애를 구한다고 하는 왕도적인 퀘스트를 수행했다.

수많은 강적과 싸운 끝에 병에 걸린 여자아이를 구한 후, 동료들과 함께 행복하게 살았습니다, 라는 해피엔딩을 맞이한 것이다.

전직 은둔형 외톨이의 모험은 이렇게 막을 내려도 되리라…….

그렇다. 여기서부터는 강력한 힘을 받은 진짜 용사들이 나설 차례다.

나는 판타지 세계의 주역과는 거리가 멀다.

이 세상이 평화로워지기를 기원하며 평온하게 살아가자.

그리고—.

"그럼 여기에 도장이나 사인을 해주세요. 예, 감사합니다~! 앞으로도 다양한 고급 식재료를 들여놓을 테니, 자주 이용해 주세요! 감사합니다~!"

"응, 수고했어! 다음에도 잘 부탁해!"

부르주아 같으면서 우아하고, 또한 퇴폐적인 생활을 할까 한다.

"……어이, 카즈마. 대체 뭘 주문한 것이냐?"

"이것 말이야? 흐흐, 듣고 놀라지나 마. 이게 바로 그 유명한 드래곤 고기야!"

내가 고급 식재료를 취급하는 행상인에게서 산 식재료를 들고 현관 안으로 들어오자, 다크니스는 영문을 모르겠다는 표정을 지으며 그렇게 물었다. 나는 그런 다크니스의 질문에 의기양양한 목소리로 대답했다.

"드래곤 고기라고?! 너, 설마 그렇게 비싼 걸……!"

그렇다. 최강의 몬스터인 드래곤의 고기는 먹기만 해도 스테이터스가 상승한다고 하는 최고급 식재료다.

"호들갑 좀 떨지 마, 이 가난뱅이 귀족아. 너는 경제라는 걸 몰라도 너무 몰라!"

"뭐라고?!"

내가 다크니스를 가리키면서 그렇게 외치자, 그녀는 깜짝 놀란 듯한 반응을 보였다.

"잘 들어, 다크니스. 나처럼 쉽게 돈을 버는 부자일수록 괜히 돈을 모아두지 말고 팍팍 써야 해. 일부 부자가 자산을 모아두는 탓에 경제가 침체되는 거란 말이야. 따지자면 내 행동은 칭찬받아 마땅하다고."

내 지식은 옳다.

예전에 텔레비전에서 나온 거니까 말이다.

"그, 그러냐? 나는 검소함이 미덕이라고 배워왔기 때문에 사치를 부리지 않으려고 하는데……."

다크니스가 불안한 표정을 짓자 나는 손가락을 까딱거리며 말을 이었다.

"진짜 바보네. 귀족이 화려한 파티를 여는 데는 다 이유가 있어. 부자인 귀족이 돈을 쓰면 쓸수록 그 돈이 그 마을의 서민에게 돌아가. 서민에게 돈이 돌아가면, 그 돈을 노리는 상인들이 몰려들지. 마을에 상인들이 모여들면 생활이 편리하고 풍족해지면서, 그 마을이 살기 좋다는 소문이 퍼지겠지? 그리고 그 소문을 듣고 새로운 개척자가 모여드는 거야. 그렇게 인구가 늘어나면 귀족의 주머니에 들어가는 세금도 늘어나지."

"뭐……! 그, 그렇구나!"

다크니스는 내 말을 듣고 감탄했다.

나는 부르주아의 입장에서 대충 입에서 나오는 대로 지껄여댄 건데……. 귀족 영애라는 사람이 이렇게 쉽게 남의 말을 믿어도 되는 걸까.

"그래서 나는 이렇게 사치를 부리는 거야. 게다가 드래곤 고기를 먹으면 스테이터스 상승 효과가 있다고 들었거든. 요즘은 고급 식재료를 먹어서 레벨을 올려도 스테이터스가 상승하지 않더라고. 그래서 마왕군과의 전투에 대비해, 모아둔 돈으로 파워업을 도모하는 거지."

"카, 카즈마……! 네가 거기까지 생각하고 있는 줄은 몰랐다……. 그렇다면 나도 가문의 재산으로 드래곤 고기를 사서 보내주마!"

이 녀석, 남의 말을 너무 순순히 믿네.

나 같은 녀석의 말을 곧이곧대로 믿어도 곤란한데 말이야.

"뭐, 그런 건 적당히 해. 그리고 드래곤 고기만 먹으면 질릴 테니까, 매일 보내주지는 않아도 돼. 고급 식재료라는 말을 들어서 맛이나 볼까 싶은 가벼운 마음으로 산 거니까……."

"질기고 잡내가 심하기로 유명한 드래곤 고기를 먹으면서까지 강해지려 하는 줄은 몰랐다. 내가 너를 오해한 것 같구나. 나는 드래곤 고기 같은 건 맛없어서 먹을 수 없다만……. 모험가를 강하게 만들려는 거니 아버님도 분명 이해해주실 거다……!"

어…….

"저기, 드래곤 고기는 질기고 잡내가 심해? 고급 식재료니까 맛있을 줄 알았는데."

"드래곤은 최강의 몬스터이지 않느냐. 근육에 감싸인 몸에는 지방이 거의 없고, 육식동물의 고기는 잡내가 심하지. 먹으면 스테이터스가 상승하기 때문에 비쌀 뿐이다."

어어…….

"저기, 메구밍. 너는 고급 식재료에 흥미……."

"홍마족이라는 점에 긍지를 가지고 있는 제가 이제 와서 드래곤 따위의 힘을 빌릴 것 같나요? 그 힘은 카즈마가 독차지해도 돼요."

융단에 드러누워서 춈스케의 등을 긁어주던 메구밍이 선수를 치듯 그렇게 말했다.

"……아쿠아. 나와 함께 미식 기행을 했던 너라면……."

"나는 이미 스테이터스가 최대치니까 더 높여봤자 의미가 없어. 그러니까 드래곤 고기는 패스할래. 약해빠진 네가 혼자 다 먹어치워."

소파에 엎드려서 발을 까딱거리던 아쿠아가 그런 비정한 소리를 입에 담았다.

"헛소리 하지 마. 너는 나와 같이 먹어야 한다고! 드래곤 고기로 너의 그 떨어지는 지능 지수를 높이란 말이야!"

"누구 지능 지수가 떨어진다는 거야?! 나는 똑똑하니까 그런 건 필요 없어. 자, 이걸 봐. 머리가 나쁜 애가 이런 걸 만들 수 있을 것 같아?"

방금까지 콧노래를 부르면서 뭔가를 만들던 아쿠아가 의기양양한 표정을 지으며 나에게 자신이 만든 것을 보여줬다.

"점토 피규어 제2탄, 폭렬특공 미니 메구밍이야. 꽤 잘 만들었으니까, 분명 비싼 값에 팔릴 거야."

"잠깐만요, 아쿠아. 아까부터 뭔가를 주물럭댄다 했더니, 이딴 걸 만들고 있었던 거예요?! 너무 정교하게 만들었잖아요! 치마 안쪽이 완전 큰일 났거든요?!"

아쿠아가 보여준 것은 지구의 피규어조차 상대도 안 될 만큼 잘 만든, 12분의 1스케일의 메구밍 인형이었다.

이 녀석은 아침부터 정원의 점토를 모아서 계속 주물럭댔는데, 아무래도 이 정교한 피규어를 만들고 있었던 것 같다. 대체 뭘 어떻게 한 건지는 몰라도, 피규어가 걸친 치마 부분을 들춰보니 팬티까지 구현되어 있었다.

"어쩔 수 없잖아. 용돈이 바닥났단 말이야. 얼간이 악마가 팔릴 만한 걸 가지고 오면 사주겠다고 해서, 액셀의 모험가 피규어를 만들어 팔기로 했어."

"그럼 자기 피규어를 만들면 되잖아요! 어, 잠깐만요. 이거, 팬티까지 벗길 수 있잖아요! 설마……!"

…………

"어이. 그거, 나한테 팔지 않을래?"

"싸게 넘길게."

"두 사람 다 저한테 맞고 싶어요?! 아쿠아, 그걸 빨리 저한테 넘기세요! 그리고 카즈마한테 용돈을 받고 있잖아요! 대체 용돈을 어디다 쓰는 거예요?!"

메구밍이 인형을 빼앗으려고 해서 아쿠아는 격렬하게 저항했다.

바로 그때, 다크니스가 불안한 어조로 뭔가를 확인하려는 듯이 물어보았다.

"저기, 아쿠아. 좀 신경 쓰이는 점이 있다만……. 아까, 점토 피규어 제2탄이라고 말했지? 그럼 제1탄은……."

"점토 피규어 제1탄은 속살 비치는 영애 에로티나야. 다크니스가 요즘 자주 입는 그 야한 네글리제를 만드느라 고생했다니깐. 뭐, 그만큼 비싼 값에 팔기는 했어."

다크니스는 아쿠아가 말을 마치기도 전에 뛰쳐나갔다.

그 속살 비치는 영애도 나중에 아쿠아에게 만들어달라고 해야지.

—바로 그때였다.

다크니스가 방금 뛰쳐나갔던 현관문에서 가벼운 노크 소리가 들리더니, 문이 살며시 열렸다.

다크니스가 두고 간 게 있어서 다시 돌아왔나 싶어 쳐다보자—.

"저기, 메구밍 있나요……?"

과일바구니를 든 융융이 평소보다 더 우물쭈물하며 현관 앞에 서 있었다—.

"—차 마셔."

"아, 감사해요!"

아쿠아는 소파에 앉아있는 융융에게 자신이 끓인 차를 내줬다.

융융은 친구 집에 놀러오는 것에 아직 익숙하지 않은지, 이 집에 몇 번이나 와봤는데도 여전히 안절부절 못했다.

"아, 별건 아니지만 받아주세요……."

융융은 그렇게 말하면서 자신이 가져온 과일 바구니를 내밀었다.

"……선물을 가지고 오다니, 참 기특하군요. 그런데 오늘은 무슨 일로 온 거죠?"

메구밍이 건네받은 선물을 살펴보면서 질문을 던지자 융융은 편지 한 통을 꺼내어 내밀었다.

"이건 홍마의 마을에서 온 편지인데……."

융융이 건네준 편지를 메구밍이 펼쳤고 나와 아쿠아는 양옆에서 그 편지를 쳐다보았다.

한편 융융은 아쿠아가 끓여준 차가 담긴 잔을 양손으로 감싸 쥔 뒤, 뭔가를 고민하는 표정을 지었다.

찻잔을 힐끔 쳐다보니 아니나 다를까 안에는 맹물이 담겨 있었다.

아무래도 아쿠아에게는 나중에 차 끓이는 법을 제대로 가르쳐주는 편이 좋을 것 같다.

메구밍이 아무 말 없이 편지를 계속 읽자 나는 옆에서 소리 내어 그 내용을 읽었다.

"어디어디. 『위대한 동포들이여. 때가 되었도다. 지금이야말로 각자가 갈고닦은 송곳니를 뽐낼 때이니라. 내로라하는 자들이여, 이 편지를 받았다면 한 달 안에 홍마의 마을에—』."

영문 모를 표현이 많은 이 편지의 내용을 요약하자면, 홍마족의 다음 족장을 정하는 시련을 실시할 테니 다음 족장

이 되고 싶은 사람은 마을에 오라는 소리다.

메구밍은 그 편지를 읽고 주먹을 말아 쥔 후, 흥 하고 코웃음을 쳤다.

"아하. 이 편지가 저한테 온 걸 보면, 저도 차기 족장 후보 중 한 명으로 뽑힌 거군요? 좋아요. 융융, 여행 채비를 하세요! 저야말로 홍마족 제일이라는 호칭에 걸맞은 존재라는 것을 증명하겠어요!"

"뭐?! 홍마족 족장의 시련을 받고 싶다면, 적어도 상급 마법과 텔레포트를 쓸 수 있어야 하거든? 게다가 여행 채비 같은 건 할 필요 없어. 나는 텔레포트로 단숨에 갈 수 있잖아."

융융이 딱 잘라서 그렇게 말하자 메구밍은 손에 들어가 있던 힘을 빼고 입을 열었다.

"……그럼 왜 이 편지를 저한테 보여준 거죠?"

"안 보여줬다간, 나중에 메구밍이 이상한 트집을 잡을 게 뻔하잖아? 너는 내 라이벌이니까…… 아얏! 뭐, 뭐하는 거야. 자기가 시련을 받을 자격이 없다고 나한테 화풀이하지 마!"

융융의 어깨를 잡고 화풀이를 하던 메구밍은 태연한 척 하면서 나를 쳐다보았다.

"카즈마, 이 애는 볼일을 다 본 것 같아요. 슬슬 저녁 식사 준비나 하죠."

"아, 그럴까? 어이, 융융. 시간이 꽤 늦었으니까 저녁 먹고 가. 과일 선물도 가지고 왔잖아."

그 말을 들은 융융의 표정이 환해졌다.

"그, 그래도 될까요?! 하지만 저녁을 같이 먹는다니 왠지 한 가족 같다고 할까, 좀 미안하다고 할까, 애초에 이런 늦은 시간에 찾아온 것 자체가 잘못이고, 카즈마 씨에게 죄송한 데다, 친구 집에 불쑥 찾아와서 저녁까지 얻어먹어도 정말 괜찮은지 모르겠지만, 딱히 그게 싫은 건 아니라, 엄청 기쁘고—."

"시끄러워요! 겨우 밥 한 끼 얻어먹는 거 가지고 뭘 그렇게 흥분하는 거예요!"

엄청난 속도로 말을 늘어놓던 융융이 메구밍에게 꾸중을 듣는 가운데, 나는 부엌으로 향했다.

3

아쿠아가 차를 빙자해 맹물을 내준 데다가 맛도 없는 드래곤 고기까지 먹어야 했던 융융이, 불청객 취급을 당하고 있다고 착각해 울음을 터뜨린 그 다음날…….

나는 아쿠아와 메구밍을 데리고 위즈 마도구점을 찾았다.

"위즈, 바닐, 있어? 볼일이 있어서 겸사겸사 놀러……."

그렇게 말하며 마도구점의 문을 연 순간, 고함 소리가 들려왔다.

"왜냐. 왜 이 몸의 말을 듣지 않는 것이냐! 내다보는 악마인 이 몸의 조언을 진지하게 받아들이고, 지시대로 행동한다면 적자가 날 리 없단 말이다! 여름밤에 불빛 주위로 몰려드는 날벌레처럼 잡동사니만 모아대기는……!"

"바닐 씨가 시키는 대로만 하면 바닐 씨가 이 가게의 주인 같잖아요! 저는 바닐 씨와 함께 이 가게를 번창하게 만들고 싶단 말이에요! 그리고 저희는 불사신이니까 시간은 얼마든지 있잖아요?! 그리고 오늘 사들인 이것도 잡동사니가 아니에요!"

가게 안에서는 바닐과 위즈가 말다툼을 벌이고 있었다.

"아침부터 왜 그래? 위즈가 또 이상한 걸 매입한 거야?"

"오오, 벼락부자 소년이여. 오늘은 멋진 물건이 있다! 이, 이익, 이 잡동사니에서 떨어지지 못할까!"

바닐은 나를 보자마자 수상쩍은 영업을 시작했다.

그리고 위즈는 바닐의 말을 듣자마자 발치에 있던 상자를 온몸으로 덮듯이 감쌌다.

"미리 말해두겠는데, 그딴 건 필요 없어. 그것보다 다크니스는 아직 안 왔나 보네. 오늘은 실피나의 치료에 협력해준 것에 대한 감사 인사를 하려고, 그 애를 데리고 이 가게를 방문할 거라고 했거든."

"그럼 감사의 표시 삼아 이 잡동사니를 사준다면 이 몸도 정말 기쁠 텐데 말이다. 그건 그렇고 역시 귀족 영애답군. 어제는 엉엉 울면서 자기를 모델로 한 속살 비치는 영애 피규어를 원가의 곱절 가격에 회수하러 왔었는데 말이야. 그것보다 요즘 동료들과 돈독한 사이가 되어가고 있는 소년이여. 네놈에게 딱 필요한 상품이 있다. 사지 않겠느냐?"

아쿠아와 메구밍이 위즈가 필사적으로 지키고 있는 상자에 관심을 보이는 가운데, 바닐이 나에게 귓속말을 하면서 조그마한 병을 내밀었다.

"수상한 물건이라면 안 살 거야. ……참고삼아 묻겠는데, 이건 뭔데?"

"피임약이다. 참고로 알려주자면, 가격은 만 에리스지."

………………….

"살게."

나는 몰래 바닐에게 돈을 건네줬다.

"구매 감사합니다! 남성이 한 모금 마시면 일주일 정도 효과가 지속되지. 위대한 단골손님이시여. 피임약 말고도 강력한 정력제나, 냄새만 맡아도 좋은 분위기가 될 수 있는 방향제 등도 구해드릴 수 있습니다만……."

"살게요. 전부 살게요."

"감사합니다!!"

내가 망설임 없이 대답하자 메구밍이 이쪽을 쳐다보았다.

"계속 쑥덕거리는 것 같던데, 대체 뭘 산 거예요?"

"동료들을 위한 에티켓 아이템을 샀어. 너희는 나의 소중한 동료잖아. 만일의 사태가 벌어져서 당황하는 건 좋지 않아."

나는 진지한 표정으로 그렇게 말했고 메구밍은 배시시 웃었다.

"당신이라는 사람은 정말……. 일전에는 실피나를 구하더니, 이번에는 저희를 챙기는 건가요. 카즈마는 언제나 동료들을 배려하는군요."

"아, 응."

메구밍이 순진무구한 시선으로 쳐다봤지만 나는 대충 대답하면서 그 병을 품속에 소중히 넣었다.

이것은 어디까지나 만일의 사태에 대비하기 위한 것이며 엉큼한 마음으로 산 게 아니다.

그러니 내가 방금 한 말은 거짓말이 아니다.

—바로 그때였다.

가게 문이 힘차게 열리더니 누군가가 안으로 튀어 들어왔다.

나는 다크니스가 온 거라고 생각했지만 그 녀석이라면 이렇게 허둥지둥 가게 안으로 들어오지 않을 것이다.

나는 문 쪽을 쳐다보았다.

"바닐 님, 도와주십시오!"

안으로 들어온 거무튀튀한 무언가가 고함을 지른 바로 그

순간—.

“『세이크리드 하이니스 엑소시즘』!”
“끼야아아아아아아아아~!”

가게에 뛰어 들어온 펭귄 모양 인형탈이 아쿠아의 마법을 맞고 정화됐다.
“어, 이건 인형탈이잖아! 이거 좀 봐, 카즈마! 악마 냄새가 밴 펭귄이야! 악취가 풀풀 나는데 귀엽게 생긴 점이 정말 밉살스럽네!”
어딘가에서 본 적이 있는 인형탈이 가게 바닥에 털썩 쓰러졌다.
그 소리가 가벼운 걸 보면 인형탈 안의 존재는 소멸된 것 같았다.
“너, 지, 진짜 인정사정 없구나……. 이 녀석은 실피나의 약에 들어갈 악마의 손톱을 얻기 위해 찾아갔던 그 뭐시기 공이라는 악마네. ……뭐, 이미 죽어버렸지만 말이야.”
“아하, 다크니스를 괴롭힌 악마구나. 불길한 예감이 들어서 일단 마법을 날리고 봤는데, 아무래도 잘한 것 같네. 너희한테 이야기를 듣고 언젠가 박살을 내줄 생각이었거든.”
“너무해요, 아쿠아. 저도 다크니스의 복수를 하고 싶었단 말이에요……!”

우리가 그런 이야기를 나누는 사이, 바닐은 한숨을 내쉬고 인형탈의 옆에 섰다.

그리고 인형탈의 등 부분에 있는 지퍼를 약간 열더니 안쪽을 향해 뭐라고 속삭였다.

그러자 내용물이 사라졌던 인형탈이 다시 부풀어 올랐다.

"헉?!"

바닐은 지퍼를 다시 닫았고 인형탈이 벌떡 몸을 일으켰다.

"『세이크리드 하이니스……』."

"어이, 하지 마. 또 내용물이 사라질 거라고. 그리고 엄청 무서워하잖아."

다시 마법을 영창하려 하는 아쿠아를 보고 겁을 먹었는지, 인형탈은 가게 선반 뒤편에 숨어서 오들오들 떨기 시작했다.

"바바, 바닐 님, 저 흉포한 파랑머리 여자는, 서, 설마……!"

"음, 그대의 예상대로 우리의 숙적이다. 그대는 가게에 들어선 순간, 잔기(殘機)를 전부 잃고 말았지. 이 몸이 잔기를 나눠 줘서 소생시켰다만, 앞으로 이 몸이 없는 데서 저것과 마주치면 끝이라고 생각해라."

인형탈은 그 말을 듣더니 더욱 격렬하게 떨기 시작했다.

아쿠아는 그런 인형탈을 위협하듯 쉭쉭~ 소리를 내며 새도복싱을 하고 있었다.

"저, 저기……. 누구신지 모르겠지만, 바닐 씨의 지인인가요? 지금 차를 내올게요."

"아, 저는 음식물을 섭취할 필요가 없으니 개의치 마시길……."

상자에 찰싹 붙어있던 위즈가 태연한 어조로 인형탈과 대화를 나눴다.

나와 메구밍이 위즈가 끓여온 차를 느긋하게 마시는 사이, 바닐은 의아하다는 듯 고개를 갸웃거렸다.

"제레실트, 오늘은 무슨 일로 이 몸을 찾아온 거지? 그리고 고위 악마인 그대가 한방에 소멸당할 줄은 몰랐다. 지금까지 모아둔 잔기는 어떻게 한 것이냐?"

"그, 그게……. 실은 말도 안 되는 일이 벌어져서……."

시선이 마주칠 때마다 아쿠아가 마법을 쓰는 포즈를 취하며 위협하자, 인형탈을 그때마다 오들오들 떨면서 말을 이었다.

"제가 사는 성에 여신 에리스가 매일같이 쳐들어오는 바람에 잔기가 바닥나고 말았습니다."

나는 홍차를 뿜었다.

악마에게는 가차 없다고 들었지만 그 여신님은 대체 무슨 짓을 벌이고 있는 걸까.

여신은 그 정도로 한가한 걸까.

아니, 둘도 없는 친구인 다크니스가 자기 눈앞에서 당한 것 때문에 앙갚음을 하고 있는 걸지도 모른다.

지난번에 도둑질을 하러 갔을 때 인형탈의 숨통을 끊지

않은 것도 눈감아준 게 아니라, 그저 다크니스의 치료와 약의 전달을 우선했을 뿐인 것 같았다.

"저기, 카즈마. 에리스에게 쫓기고 있는 이 펭귄이 좀 불쌍하다는 생각이 들어. 뭐, 봐줄 생각은 없지만."

"어이, 그냥 눈감아줘. 이 녀석은 이래 봬도 이 나라의 귀족인 것 같고, 나름 선정(善政)을 베풀고 있는 것 같거든……."

그리고 다크니스가 따끔한 맛을 본 것 또한, 우리가 악마의 손톱이 필요해서 이 녀석을 습격했다가 반격을 당한 것이니 딱히 악행을 한 것도 아니다.

게다가 이 녀석이 교섭에 응하며 제시한 조건을 우리가 달성하지 못해서 손톱을 얻지 못했고, 그 탓에 강경 수단을 동원할 수밖에 없었던 것이다.

……어라?

아무리 상대가 악마라고 해도, 이래서는 우리가 악당인 거 아냐?

바로 그때, 인형탈은 아쿠아와 소곤거리고 있는 나를 발견했다.

"그때 더스티네스 경과 함께 있던 소년이군. 네 동료에게 잘 말해줬으면 한다. 나는 치욕과 굴욕, 열등감을 좋아할 뿐인 선량한 악마지. 그러고 보니 너는 여신 에리스와도 아는 사이지? 부디 중재를 해줬으면 한다만……."

"으음, 그게 말이야. 나도 그 사람이 어디에 있는지 모르거든."

확실하게 만날 방법이 하나 있기는 하지만, 그걸 했다간 내 잔기가 줄고 만다.

아, 나한테는 잔기라는 것 자체가 없지만 말이야.

"그런가……. 그 성이 꽤 마음에 들었는데, 포기할 수밖에 없겠군……."

인형탈이 가게 바닥에 털썩 주저앉아서 고개를 푹 숙인 채 애수에 찬 목소리로 그렇게 중얼거리자, 왠지 동정심이 샘솟았다.

"그럼 그대는 이제 어떻게 할 거지? 이 마을에 사는 건 추천하지 않는다. 악마족을 눈엣가시로 여기는 이 광견이 이 마을을 자기 영역이라고 주장하고 있거든."

"이 마을에 서큐버스의 가게가 있다고 들어서, 웨이터 겸 보디가드로 고용해달라고 할 생각으로 찾아왔습니다. 특수한 플레이를 희망하는 손님에게 서비스를 하는 서큐버스를 따라간다면, 제가 선호하는 치욕과 굴욕의 악감정을 맛볼 수 있을 테니까요. 괜찮은 잠복 장소라 생각했습니다만, 아무래도 안 되겠군요……."

"이 마을에서 네가 내 눈에 띄면 바로 정화시켜버릴 거야."

인형탈은 협박에 가까운 아쿠아의 발언을 듣고 겁에 질렸다.

그런 인형탈을 아쿠아와 메구밍이 좌우에서 포위하고 흥미롭다는 듯 관찰하기 시작했다.

“아쿠아, 이 인형탈의 등에 지퍼가 달려있네요. 안쪽을 살펴보고 싶어요.”

“좋아. 이 귀여운 겉모습에 속으면 안 돼. 앗, 저항하는 거야?! 너, 가만히 있어. 안 그러면 확 정화해버릴 거야!”

“이러지 말게! 이러지 말게!!”

아쿠아와 메구밍이 지퍼를 내리려 하고 인형탈이 필사적으로 그걸 막으려 하고 있을 때, 가게 문 쪽에서 노크 소리가 들렸다.

그리고 잠시 후, 맑은 방울 소리가 들리면서 문이 열렸다.

“위즈, 바닐, 잠시 실례하마. 먼저 와 있는 카즈마에게서 들었을 거라고 생각한다만, 오늘은 이 애를 구하는 걸 도와줘서 고맙다는 인사를…… 어?”

문을 연 이는 바로 다크니스였다.

그리고 실피나는 어리광을 부리듯 다크니스의 허리를 꼭 껴안고 있었다.

“이런, 누구인가 했더니 저번에 내 성에 침입해서 실컷 난동을 피웠던 더스티네스 경이군. 후후후, 설마 이런 곳에서 다시 마주칠 줄은 몰랐는걸…….”

다크니스가 인형탈을 보고 경악한 가운데, 의미심장한 웃음을 흘리며 그녀에게 다가가려던 인형탈이—.

“……후우~.”

“끼야아아아아아아아아!”

—등을 보인 순간, 아쿠아는 지퍼를 약간만 내려서 그 틈으로 숨을 불어넣었다.

악마는 여신의 숨결에도 대미지를 입는 건지, 인형탈은 비명을 지르고 바닥을 데굴데굴 굴러다녔다.

"제, 제레실트 님이 어째서 이런 곳에……."

자초지종을 모르는 다크니스가 당혹스러운 표정을 짓고 있을 때, 와아…… 하고 작게 탄성을 지른 실피나가 바닥을 굴러다니는 인형탈을 초롱초롱한 눈으로 쳐다보았다.

"어이, 그냥 돌아가는 게 어때? 그 편이 네 신상에도 좋을 거야."

"그게 말이다, 소년. 야반도주를 하듯 성을 빠져나온 바람에 돈도 없는 데다, 갈 곳도 없다……."

인형탈이 불쌍하다는 생각이 든 내가 일으켜주면서 한 마디 건네자, 인형탈은 울먹거리며 대꾸했다.

이 녀석이 진짜로 일전에 최종 보스 격이었던 악마와 동일 인물인 걸까.

바로 그때, 인형탈은 내 옷소매를 당겼다.

"소년, 더스티네스 경과 함께 있는 저 소녀가 지난번 병에 걸렸다던 그 아이 맞느냐?"

인형탈은 그렇게 말하면서 귀엽게 고개를 갸웃거렸다.

"맞아. 저 애의 이름은 실피나야. 다크니스의 딸이지."

"어이, 카즈마! 또 말도 안 되는 소리를……, 아, 아니, 딸

맞다. 그러니까 실피나도 그런 표정 짓지 말거라…….”

슬픈 표정으로 자신을 올려다보는 실피나 때문에 다크니스가 당황한 가운데, 인형탈은 그 광경을 보고 정신없이 팔을 흔들어댔다.

“오오, 건강을 되찾아서 다행이군! 더스티네스 경, 그렇게 경계하지 말게. 악마인 내가 크루세이더인 그대에게 공격을 당하는 건 어쩔 수 없는 일이지. 습격을 당한 것 자체는 개의치 않는다네.”

“잘은 모르겠다만, 그렇게 생각해준다면 나로서도 감사할 따름이다……. 그런데 대체 왜 영지를 버리고 이런 곳에 온 거지?”

—나는 의아해하는 다크니스에게 자초지종을 설명했다.

“……어이, 카즈마. 너는 죽을 때마다 에리스 님을 뵌다고 했지? 에리스 님은 혹시 한가하신 거냐?”

“인마, 아무리 너라도 그런 소리를 하면 천벌 받을 거야. 뭐, 한가하다기보단 네 원수를 갚아주려는 것 아닐까?”

절반 정도는 취미 삼아 악마 사냥을 하는 거겠지만 말이다.

“그, 그래? 에리스 님께서는 왜 나를 그렇게까지 신경써주시는 거지? ……하지만 제레실트 님께 송구한걸. 당신은 악마지만, 딱히 나쁜 짓을 하지 않았는데…….”

다크니스가 사과를 한 인형탈에게는 실피나가 찰싹 달라

붙어 있었다.

“뭐, 영지 경영도 재미있었지만 슬슬 다른 일을 하고 싶기는 했지. 하지만 정 그렇게 나를 생각한다면, 내가 이 마을에서 지낼 수 있도록 더스티네스 경이 손을 써줬으면 좋겠는데 말이야…….”

“너, 다크니스의 딸을 도왔다고 기어오르지 마. 저 애가 너를 따르는 것 같으니까, 재가 보는 앞에서 정화하지는 않겠지만, 인적이 없는 곳에서 나와 딱 마주치면 네 목숨을 보장해줄 수 없어.”

아쿠아가 누가 악마인지 분간이 안 되는 대사를 입에 담자, 겁을 집어먹은 인형탈이 실피나에게 찰싹 달라붙은 채 내 등 뒤에 숨었다.

행동거지 하나하나는 귀엽지만 저 인형탈 안에 들어있는 내용물을 본 적이 있는 나로서는 솔직히 말해 섬뜩했다.

바로 그때였다.

『긴급 퀘스트! 긴급 퀘스트! 마을 안에 있는 모험가 여러분은 서둘러 모험가 길드에 모여 주십시오!』

그것은 오래간만에 듣는 긴급 퀘스트 안내 방송이었다.

우리는 뜻밖이라는 표정을 지으며 서로의 얼굴을 쳐다보았다.

“혹시나 해서 말해두겠는데, 나는 아무 짓도 안 했다고.”
“저기, 카즈마. 왜 나를 쳐다보는 거야? 나도 딱히 짚이는 구석이 없거든?”
“저도 짐작 가는 데는 없어요. 폭렬마법의 사용 장소와 용법, 용량은 준수하고 있거든요.”
그렇다면—.
“어이, 나를 쳐다보지 마라! 나야말로 소동 같은 것과는 가장 거리가 멀단 말이다! 저번의 세금 소동도 길드 직원의 요청으로……!”
우리의 시선이 당황한 다크니스에게 몰리는 가운데, 안내 방송 중인 길드 누님은 기쁨에 찬 어조로 이렇게 외쳤다.
『다시 한 번 말씀드립니다. 마을 안에 있는 모험가 여러분은 서둘러 모험가 길드에 모여 주십시오! ………………모험가 여러분!!』
길드 누님은 크게 숨을 들이마시더니—.

『보물섬입니다!!』

그 말이 들린 순간, 바닐과 위즈는 가게를 뛰쳐나갔고 부리나케 어딘가로 내달렸다.
아니, 어느새 아쿠아마저 그 두 사람과 나란히 뛰고 있었다.
“어이, 대체 무슨 일이야? 설명 좀…… 거 되게 빠르네!!”

뛰쳐나간 세 사람을 뒤쫓으며 가게를 나서보니 그들은 한참 떨어진 곳까지 가 있었다.

"어이, 대체 무슨 일이야?! 바닐이나 아쿠아는 몰라도, 위즈까지 눈빛이 싹 바뀌면서 가게를 뛰쳐나갔다고!"

"카즈마야말로 무슨 소리를 하는 거예요! 보물섬이에요! 말 그대로 보물이 있는 섬이라고요! 저희도 농땡이 부리지 말고 빨리 가요!"

눈이 새빨간 색으로 변한 메구밍이 허둥지둥 가게에서 뛰쳐나왔다.

"나, 나는 실피나가 있으니 여기에 남겠다만……."

그렇게 말한 다크니스, 그리고 가게를 보겠다고 말한 인형탈을 남겨둔 후 나는 다른 사람들을 뒤쫓으며 뛰었다.

그리고 모험가 길드로 향하던 와중에 서둘러 어딘가로 달려가는 모험가들과 엇갈렸다.

그들 대부분은 머리에 헬멧이나 투구를 썼고, 등에는 커다란 배낭을 멨으며, 손에는 곡괭이를 들고 있었다.

길드에 도착하니 나보다 먼저 뛰어간 아쿠아 일행과 마주쳤다.

모험가 길드가 빌려준 건지, 그들 또한 곡괭이를 쥐고 있었다.

"카즈마! 네 것도 빌렸어! 자, 우리도 마을 밖으로 향하자! 서둘러!"

아쿠아는 그렇게 말하면서 배낭과 곡괭이, 헬멧을 나에게 건넸다.

아무래도 마을 밖에 뭔가가 있는 것 같았다.

"어이, 대체 무슨 일이 일어난 건지 말해! 보물섬이 뭐야? 이름과 너희의 반응을 보면 꽤 짭짤한 퀘스트 같은데?"

나는 아쿠아가 건네준 배낭과 곡괭이를 건네받은 후 질문을 던지면서 그녀를 좇아갔다.

"보물섬이란 바로 현무(玄武)의 속칭이에요! 마을 밖에 현무라고 불리는 거대한 거북이가 나타난 거예요! 현무는 10년에 한 번 등딱지를 말리려고 지상에 나와요. 평소 땅속에 서식하는 현무가 등딱지에 번식한 곰팡이나 버섯 같은 해충을 말려죽이기 위해 그러는 거라고 알려져 있는데, 확실치는 않아요. 하지만 분명한 건 해가 질 때까지 현무가 등딱지를 말릴 거라는 거예요. 그리고 현무는 광맥의 지하에 살면서 희귀한 광석을 먹이로 삼기 때문에, 그 등딱지에는 희귀한 광석이 지층처럼 딱 붙어 있죠!"

메구밍이 내 옆에서 뛰며 가르쳐줬다.

아하, 그래서 다들 곡괭이를 들고 있는 거구나.

그 현무라는 녀석이 등딱지를 말리는 동안에 그 등에 붙어있는 광석을 캐려는 것이다.

"하지만 그 거대한 거북이는 등에 곡괭이질을 당해도 공격을 하지 않는 거야? 게다가 이미 엄청난 숫자의 모험가가 그쪽으로 향했잖아? 우리가 도착할 즈음에는 광석이 바닥나 있는 거 아냐?"

아쿠아가 내 말에 답했다.

"보물섬은 성격이 온화해서 웬만한 일로는 공격을 하지 않아! 게다가 광석이 바닥날 일도 없어. 아무튼, 왜 보물『섬』이라고 불리는지는 직접 보면 이해가 될 거야! ……그것보다 왜 얼간이 악마까지 따라오는 건데?! 현무는 신수(神獸)야! 신수는 악마의 적 아냐?!"

"이 몸도 이런 바보 같은 짓은 하고 싶지 않다! 하지만 이 얼간이 점주가 또 쓸데없는 물건을 사들이는 바람에 적자가 나고 말았지! 이대로 있다간 이번 달 가게세도…… 큭!"

"걱정하지 마세요, 바닐 씨! 지금은 적자 같지만, 사들인 물건이 잘 자라주면 분명 엄청 이익이 날 거예요! ……그, 그러니까 그렇게 무기질적인 눈으로 저를 쳐다보지 마세요! 무섭단 말이에요!"

여전히 가게 경영 상황이 좋지 않은 걸까.

악마와 리치가 빚을 변재하기 위해 곡괭이를 들고 육체노동을 하러 간다니, 이 세계는 진짜 각박하네…….

4

"……………………말도 안 돼."

조그마한 산이 있었다.

그래. 이건 산이야.

마을 밖으로 나가자마자 조그마한 산으로 착각할 만큼 거대한 생물이 눈에 들어왔다.

그 크기는 내가 어릴 적에 봤던 도쿄 돔에 비교해도 손색이 없을 정도였다.

지면에는 저 생물이 기어 나오면서 생긴 듯한 커다란 구멍이 입을 쩍 벌리고 있었고, 보물섬이라 불리는 거대한 거북이는 대지에 느긋하게 드러누워 있었다.

확실히 신수라 불려도 이상하지 않은 존재였다.

평소에 퍼질러 먹고 퍼질러 자기만 하는 자칭 뭐시기보다 훨씬 경외의 대상 같아 보였다.

보물섬은 거대한 다리를 지면에 툭 올려놓더니 땅에 머리를 댄 채 드러누워 있었다.

그리고 이미 수많은 모험가들이 그 거북이의 등에 올라가서 암석 덩어리 같은 등딱지에 곡괭이질을 하고 있었다.

등에 곡괭이질을 당하고 있는데도 보물섬은 화를 내는 건 고사하고 기분 좋은 듯 눈을 감고 있었다.

거대한 바위산 같은 등에는 로프가 걸려 있었고, 암벽등반을 하듯 모험가들이 차례차례 기어 올라가고 있었다.

……아하. 아쿠아가 한 말이 이제 이해가 됐다.

이렇게 거대한 녀석의 등에 있는 광석을 한나절 안에 전부 캐는 것은 무리다.

"가자, 카즈마! 타임 리미트는 해가 질 때까지! 배낭이 빵빵해질 때까지 캐고 또 캐는 거야!"

아쿠아는 이미 로프를 이용해서 보물섬의 등에 기어 올라가고 있었다.

일전의 세금 소동 때 주머니 사정이 나빠진 건지, 주위에 있는 모험가들도 희희낙락하면서 열심히 광석을 캐고 있었다.

나는 이미 부자지만 그렇다고 해도 눈앞에 돈이 떨어져 있는데 줍지 않을 수는 없다.

얼마나 벌 수 있을지는 몰라도 광석을 캐는 편이 좋겠지.

"좋아. 이렇게 된 거, 나도 캐볼까. ……아, 더스트 일행도 있잖아. 저 녀석들은 일찍 왔네."

로프를 이용해 보물섬에 올라가던 도중, 나는 아는 얼굴을 발견하고 약간 안도했다.

보물섬의 등에 올라간 우리는 헬멧을 쓰고 준비를 마친 후, 적당한 장소에서 곡괭이질을 시작했다.

아쿠아와 위즈는 머리 모양이 헝클어지는 것이 싫은지 헬멧을 쓰지 않았다.

곡괭이가 광석 덩어리를 깨자 찬란히 빛나는 돌이 잔뜩 굴러 나왔다.

이 돌 하나하나에 대체 어느 정도의 가치가 있는 걸까.

"……어이, 이거 하나하나에 얼마나 가치가 있는지는 모르겠지만 말이야. 이렇게 간단히 수입을 올려도 되는 거야? 게다가 주위를 둘러보니 모험가들뿐이잖아. 마을 사람들도 광석을 캐서 수입을 올리면 되지 않아?"

주위를 둘러봐도 곡괭이질을 하고 있는 건 동업자들뿐이었다.

광석만 캐는 것이라면 내가 이 세계에 온지 얼마 안 되었을 시절에 신세를 졌던 토목공사 인부들이 더 능숙할 텐데…….

아쿠아가 내 의문에 답해줬다.

"그야 물론 위험하기 때문이야."

…………뭐?

바로 그때, 누군가의 고함 소리가 들렸다.

"우와아아아앗~! 사고 쳤어! 짝퉁 광석을 캐고 말았다고!"

그 갑작스러운 비명 소리를 듣고 고개를 돌려보니, 곡괭이를 쥔 모험가가 문어처럼 꿈틀거리고 있는 생물들과 대치하고 있었다.

"우왓!? 저, 저건 뭐야?! 어이, 큰일 났어! 빨리 구해줘야……!"

그 생물은 몸의 표면을 주위의 광석과 비슷하게 변화시켜서 몸을 감추고 있었다.

아하, 그래서 짝퉁 광석이구나.

하지만 아쿠아와 위즈는 그쪽을 쳐다보지도 않고 한결같

이 곡괭이질만 했다.

"내버려둬! 이 자리에 있는 이들은 전부 모험가야! 그들은 언제든 목숨을 잃을 각오가 되어 있어! 그런 그들을 함부로 돕는 건, 그 결사의 각오를 더럽히는 행위야!"

"맞아요! 설령 힘이 미치지 못해 목숨을 잃더라도, 퀘스트 도중에 죽는 건 모험가에게 있어 명예로운 일이에요! 게다가……, 게다가 비, 빚이……!!"

"이, 인간적으로 그래도 되는 거냐?!"

그러고 보니 이 녀석들은 인간이 아니었지!

짝퉁 광석이라는 녀석들에게 공격을 받은 남자가 고함을 질렀다.

"사, 살려줘어어엇!!"

"……살려달라잖아. 어이, 자칭 뭐시기. 진짜로 내버려둬도 괜찮은 거야?"

"아하하하하하하!! 고순도 마나타이트야! 이건 플레어타이트! 용돈을 다 써서 난처하던 참인데, 이걸로 한동안은 돈 걱정 안 해도 되겠네!"

자칭 뭐시기님은 내 말을 들은 척도 하지 않았다.

하지만 그런 뭐시기님과는 다르게, 원래 인류의 적인 리치는 저 사람이 죽게 내버려둘 만큼 모질지 못한 것 같았다.

"으으……. 가게세라면 내가 몸을 팔면 어떻게든 될 거야……! 그래! 몸을 판다고 죽지는 않아! 죽지는 않는다고……!!"

위즈는 당치도 않은 소리를 늘어놓으면서 곡괭이를 내려놓더니 모험가를 공격하고 있는 짝퉁 광석을 향해 돌아섰다.

"위, 위즈는 계속 광석을 캐! 저 녀석은 내가 구하겠어!"

모, 몸을 판다니…….

몸을 판다는 건, 즉……!

위즈는 내 말을 듣고 덧없는 미소를 지었다.

"걱정하지 마세요, 카즈마 씨. 리치의 손톱과 머리카락은 마력 덩어리예요. 이걸 모험가 길드에 소재로 써달라며 가져가면, 꽤 돈이……."

"아, 안 돼! 절대 하지 마! ……몸을 판다는 게 그런 의미였냐! 그럼 빨리 구한 다음에 채굴 작업을 다시 시작하면 되는 거지? 어이, 아쿠아, 메구밍! 가자! 넷이서 싸우면 금방 처리할 수 있을 거야!"

공교롭게도 오늘은 무기와 방어구를 가지고 오지 않았다.

곡괭이를 쥔 내 옆에서는, 나와 마찬가지로 곡괭이를 쥔 메구밍이 짝퉁 광석에게 다가가고 있었다.

그리고 뭐시기님 또한 내 말을 듣더니 잠자코 있을 수 없는 것 같았다.

"크읏, 어쩔 수 없네! 1분 1초가 아까운 상황인데……! 짝퉁 광석 주제에 감히 나를 방해해?! 진짜 주제넘은 녀석들이네! 빌어먹으으으을!"

아쿠아는 고함을 지르며 곡괭이를 들고 짝퉁 광석에게 달려들었다.

물욕에 사로잡힌 여신이 생물을 향해 곡괭이를 휘둘러댔다.

부자가 되어서 금전적으로 여유가 생긴 내 눈에는 아쿠아의 입가에 어린 미소가 흉측하기 그지없어 보였다.

"네 녀석을 돕는 건 구역질이 날 정도로 싫지만, 지금은 그런 소리를 할 때가 아니군! 빨리 해치우고 채굴이나 계속하자! 『바닐식 파괴광선』!"

살생을 금하는 여신이 주저 없이 짝퉁 광석 한 마리를 해치웠고, 약간 떨어진 곳에서 광석을 캐던 바닐이 검은색 광선을 뿜었다.

바닐의 손에서 뿜어져 나온 사악한 빛에 휩싸인 짝퉁 광석 무리는 주위 암반과 함께 폭발했다.

"잠깐만! 너, 그런 걸 쓸 수 있으면 빨리 쓰란 말이야!"

"시끄럽다! 이번 달은 농담이 아니라 진짜로 가게세도 낼 수 없는 상황이란 말이다! 자, 인신매매 점주여! 이제 마음이 풀렸느냐?! 그럼 빨리 채굴을 해서 조금이라도 적자를 메우는 거다!"

바닐이 평소와 다르게 초조하기 그지없는 목소리로 그렇게 외치자 나는 고개를 갸웃거렸다.

언제나 여유롭던 이 녀석이 이런 반응을 보이는 것 자체가 드문 일이다.

도움을 받은 모험가가 연신 고개를 숙이며 고마워하는 가운데, 나는 위화감을 느끼면서도 다시 채굴 작업을 시작했다.

—그로부터 한나절이 지났을 즈음…….

광석으로 가득 찬 배낭을 멘 아쿠아와 메구밍이, 일찌감치 작업에 질려서 마을 입구로 이동한 내 곁으로 왔다.

그 두 사람보다 일찍 작업을 마친 내 배낭 안에도 질 좋은 광석이 많이 들어 있었다.

해 질 녘.

보물섬의 등은 거대한 암반 덩어리가 아니라, 곳곳에 원래 등딱지가 모습을 드러낸 상태가 되었다.

보물섬의 원래 등딱지는 아름다운 검은색 광택을 뿜었고 곡괭이로 내려쳐봤자 상처 하나 나지 않았다.

다른 모험가들도 만족할 만큼 광석을 캔 것 같았다.

지금은 등딱지를 말리고 있는 보물섬을 멀찍이서 다 같이 지켜보고 있었다.

그런 보물섬이 마을의 입구 쪽에 있는 우리를 쳐다보았다.

마치 이제 만족했냐고 말하는 것처럼 말이다.

그런 모습을 본 나는 약간 마음에 걸리는 점이 있었다.

보물섬의 등에는 커다란 광석 덩어리 하나가 아직 붙어 있었다.

저것만 제거한다면 보물섬의 등딱지는 아름답게 빛나리라.

"……저기, 메구밍. 나 좀 봐."

나는 마치 청소를 하다가 도중에 중단한 느낌을 받아서, 옆에 있는 메구밍에게 귓속말을 했다.

"……예엣?! 저, 정말인가요?! 아니, 뭐, 오늘은 아직 폭렬 마법을 쓰지 않았고, 1일 1폭렬 일과의 표적에 걸맞은 상대이기는 하지만……."

내가 메구밍에게 뭘 시켰냐면, 그야 물론…….

"하지만 정말 괜찮을까요? 보물섬은 성격이 온화하지만, 폭렬마법을 맞으면 저희를 공격할지도 몰라요. 게다가 보물섬을 공격하지 말자는 암묵적인 룰도 있는데……."

메구밍이 머뭇거리자 나는 그녀를 안심시키기 위해 이렇게 말했다.

"내 감인데, 아마 보물섬은 화내지 않을 거야. 어쩌면 기뻐할지도 몰라. 내가 시키는 대로 정통으로 맞추지만 않는다면 분명 괜찮을 거야. 그러니까 부탁할게, 메구밍."

내가 그렇게 말하자 메구밍은 우물쭈물하면서도 마법을 준비하기 시작했다.

"뒷일은 책임 안 질 거예요. 그리고 폭렬 장인인 저도 실수를 할 때가 있단 말이에요."

네 본업은 아크 위저드잖아. 대체 언제부터 폭렬 장인 같은 게 된 거야.

모험가들이 자신들의 주머니를 두둑하게 해준 보물섬에게 감사의 마음을 전하듯 땅속으로 돌아갈 때까지 지켜보는 가운데, 메구밍의 마법 영창이 주위에 울려 퍼졌다.

"어, 잠깐만. 너희 지금 뭘 하려는 거야?!"

아쿠아를 필두로 모험가들이 대피하는 중에 메구밍의 폭렬마법이 완성됐다.

"『익스플로전』—!!!"

메구밍이 날린 빛은 보물섬의 등딱지보다 약간 상공에서 폭발했다.

그와 동시에 등딱지에 붙어 있던 거대한 암반이 분쇄됐다.

그 외에도 등 곳곳에 남아있던 조그마한 광석들이 폭렬마법의 충격에 의해 금이 가더니 그대로 박살이 나면서 떨어졌다.

메구밍의 조준이 정확했던 건지, 보물섬이 단단한 건지는 모르겠지만 보물섬의 등딱지에는 흠집 하나 나지 않았다.

모험가들이 당황한 가운데, 보물섬은 마법을 사용한 메구밍과 그녀의 옆에 있는 나를 힐끔 쳐다보았다.

메구밍은 보물섬의 시선을 받고 움찔했으나 나는 괜찮다고 되뇌면서 그 자리에서 보물섬을 계속 쳐다보았다.

괜찮다고 생각하면서도 언제든 도망칠 수 있도록 마음의 준비를 하고 있을 때…….

오늘 하루 동안 꼼짝도 하지 않던 보물섬이 몸을 일으키더니 마치 낮잠이라도 마친 것처럼 기분 좋게 기지개를 켰다.

그리고 그대로 뚫려있던 구멍에 들어갔다.

—보물섬은 10년에 한 번 지상에 나와서 등딱지를 말린다.

아마 그 가설은 사실일 것이다.

하지만 그렇다면 이렇게 마을 근처에 나타날 필요는 없지 않을까.

듣자하니 보물섬은 반드시 마을 근처에서 등딱지를 말린다고 했다.

그렇다. 마치 자신의 등에 있는 광석들을 인간이 캐주기를 바라는 것처럼 말이다.

보물섬의 가장 큰 목적은, 자신의 등에 들러붙어있는 노폐물인 광석들을 인간들이 청소해주는 것이 아닐까.

등에 있는 광석들이 얼추 처리된 보물섬은 아직 해가 완전히 지지 않았는데도 구멍으로 향했다.

바로 그때, 보물섬이 또 나와 메구밍 쪽을 힐끔 쳐다보더니 그 거대한 몸을 부르르 떨었다.

그 진동에 의해 몸에 남아있던 약간의 광석들이 사방으로 흩날렸다.

보물섬은 이제 개운해졌는지 약간 만족한 표정을 짓고 구멍 안으로 들어갔다.

아무래도 신수라 불리는 이 거대한 몬스터는 마지막에 우리에게 선물을 주고 간 것 같았다.

나와 메구밍은 서로를 쳐다보며 웃음을 흘렸다.
구멍 안으로 들어가는 보물섬은 신성하면서도 아름다웠다.
나는 이 세계에 와서 처음으로 판타지스러운 광경을 본 것 같았다.

"저기, 카즈마. 방금 그건 메구밍의 폭렬마법에 대한 답례지? 그럼 우리가 저 광석을 전부 차지해도 되겠네?"
"이, 이걸로 가게의 빚과, 가게세가……!"

—내 이름은 사토 카즈마.
내가 이 세계에서 판타지스러운 퀘스트를 경험하지 못하는 건 주위에 있는 동료들 때문일지도 모른다.

제2장 이 하렘 주인공에게 천벌을!

1

"카즈마 씨, 카즈마 씨. 좀 부탁할 게 있는데."

다음 날 아침.

늦은 아침 식사를 마치고 커피를 홀짝이며 여유를 부리고 있을 때, 삽 같아 보이는 물건을 어깨에 걸친 아쿠아가 나를 향해 그렇게 말했다.

"뭔데? 용돈이라면 안 줄 거야. 이번 달 용돈은 이미 줬지? 그리고 어제 보물섬에서 캔 광석들로 짭짤하게 벌었잖아."

"그런 게 아냐. 나는 그저 카즈마 씨의 모험가로서의 힘을 빌리고 싶은 거야."

모험가로서의 힘?

"아침부터 흉흉한 소리를 하네. 상대는 대체 누구인데? 나는 이제 부르주아니까, 우아하면서 평온한 생활을 하기로 결심했어. 위험한 상대와 싸우는 건 사양이라고. 어디 사는 언데드를 괴롭히러 가거나 악마에게 시비를 걸러 갈 거면, 모험가 길드에 의뢰를 해."

"몬스터 퇴치를 부탁하려는 게 아냐. 나도 위험한 데는 가고 싶지 않고, 부르주아로서 우아한 생활을 즐기고 싶거든."

여전히 나와 비슷한 생각을 하는 녀석이다.

바보 같은 짓만 하지 않고, 평범한 놀이 상대로만 여긴다면 이 녀석은 끝내주는 파트너이리라.

"아무튼 정원에 좀 와줄래? 거기서 카즈마 씨의 엄청난 힘을 뽐내줬으면 해."

"잘은 모르겠지만, 위험한 짓은 안 해. 그래도 평소에 잠들어 있는 내 진정한 힘을 보여주지."

나는 그렇게 말하며 팔을 걷어붙인 후 아쿠아와 함께 정원으로 향했다.

"삐약."

"……너, 진짜 눈곱만큼도 안 크는 구나."

정원에는 햇볕을 쬐고 있는 춈스케, 그리고 춈스케의 털이 따뜻한지 곁에서 떨어지려 하지 않는 젤 킹이 있었다.

춈스케는 몸집이 서서히 커지고 있지만 이 병아리는 어찌된 영문인지 전혀 성장하지 않았다.

보유한 마력이 많을수록 성장이 느리다는 말을 들은 적이 있는데, 그것과 관련이 있는 걸지도 모른다.

이 검은색 털북숭이는 예전에만 해도 젤 킹을 두려워했으나 요즘 들어서는 경계심을 풀고 친해진 것 같았다.

젤 킹이 자라면 튀겨먹을 생각이었지만 모처럼 친해진 이 둘을 찢어놓는 것은 안 됐다는 생각이 들었다.

내가 그 훈훈한 모습을 보면서 마음을 치유시키고 있을 때 아쿠아가 내 소매를 잡아당겼다.

"저쪽에 밭이 있지? 카즈마 씨의 힘으로 저기에 영양 만점인 흙을 뿌려줬으면 해."

"…………너, 영웅이라고 해도 과언이 아닌 나의 힘으로 밭을 일구려는 거냐?"

아쿠아가 손가락으로 가리킨 곳에는 한 벌 뿐인 원피스 차림에 밀짚모자를 쓴 메구밍이 괭이를 한 손에 쥔 채 손으로 땀을 닦고 있었다.

"저기, 메구밍까지 뭐하고 있는 거야? 둘이서 텃밭이라도 일구려는 거야?"

"아, 카즈마. 드디어 일어난 건가요. 이 끝내주는 밭을 좀 보세요. 이제 여기에 마법으로 만든 흙만 뿌리면, 질 좋은 채소가 자랄 거예요."

메구밍이 시골 아낙 같은 소리를 하더니 발치의 흙을 손에 쥐면서 미소를 지었다.

"이 집에는 이렇게 넓은 정원이 있으니까, 밭을 만들어야겠다고 전부터 생각했어요. 채소는 비싸니까요. 집안 살림에도 도움이 될 테고, 언제든 신선한 채소를 먹을 수 있는 건 좋은 일이잖아요. 나중에 카즈마에게 맛있는 채소 카레를 만들어줄게요."

"아니, 그건 고마운데 말이야. ……채소를 함부로 길러도 되는 거야? 양배추 때처럼 우리를 공격하는 거 아냐?"

내가 그렇게 말하자 아쿠아와 메구밍은 고개를 돌렸다.

"어이, 채소는 함부로 기르면 안 되는 거지? 허가 같은 걸 받아야 하는 거지?! 그러고 보니 다크니스는 어디 있는 거야?! 행정 쪽 사람인 그 녀석이 자리를 비운 틈에 일을 저질러 버리려는 속셈이지?!"

"지, 진정해, 카즈마. 채소를 기르는 데는 자격이 필요하지만, 고레벨 모험가라면 텃밭 정도는 만들어도 된다는 특례가 있어. 그리고 우리는 이제 고레벨이잖아. 그러니까 문제될 건 없어."

"맞아요. 현재 제 레벨은 40이 넘었거든요. 텃밭 한두 개 정도는 허용돼요."

이 녀석은 대체 어느새 레벨이 그렇게 높아진 거야?

나는 레벨이 잘 오르는 모험가인데도 아직 레벨이 10대라고…….

"메구밍이 그렇게 레벨이 올라간 줄은 몰랐네. 뭐, 그러니까 카즈마가 양질의 흙을 만들어줬으면 해. 너는 크리에이트 어스 마법으로 만든 흙을 적의 눈에 뿌리거나, 진흙으로 만들어서 남들을 괴롭히지? 하지만 원래는 농사에 쓰이는 거야."

"그러고 보니 그런 말을 들었던 것도 같네. 뭐, 어쩔 수 없지. 『크리에이트 어스』!"

나는 정원에 있는 밭에 마법으로 흙을 뿌렸다.

그 후 아쿠아와 메구밍이 밭에 씨앗을 심었다.

"혹시나 해서 묻는 건데, 어떤 채소의 씨앗을 심는 거야?"

불안을 느낀 내가 그렇게 묻자, 아쿠아는 뭘 그렇게 걱정하느냐는 표정을 지으면서 대답했다.

"순무, 감자, 무, 피망, 꽁치, 시금치야. 요즘 시기에는 이런 걸 심으면 좋다고 농부 아저씨가 가르쳐줬어."

"……어이, 방금 이상한 게 섞여 있지 않았어?"

"나도 알아. 겨울이 다 되어 가는데 여름 채소가 끼어있다는 거지? 하지만 카즈마, 여기는 일본이 아니거든? 여름 채소도 생명력이 넘쳐서 겨울에도 잘 자라."

아냐, 그런 게 아니라고. 명백하게 채소가 아닌 게 하나 섞여 있었단 말이야.

"……휴우. 씨앗이 잘 심어진 것 같네요. 이제 정기적으로 물을 주면서 때때로 마사지만 해주면 겨울에 수확할 수 있을 거예요."

"어이, 방금 마사지라고 말했지? 너희는 지금 채소를 기르는 거 맞지? 가축을 기르는 게 아니지?"

내가 연이어 태클을 날리는 가운데, 아쿠아는 만족스러운 표정을 지으며 입을 열었다.

"올해는 초보자용 채소만 심었지만, 내년부터는 난도가 높은 녀석에도 도전하자!"

"좋아요. 내년에는 봄 양배추와 토마토, 만드라고라 같은 것도 심어볼까요?"

"방금 발언은 그냥 넘길 수 없어! 만드라고라라고 했지?! 너희 지금 만드라고라를 심을 거라고 말했잖아!"

만드라고라는 뽑힐 때 비명을 지르고 그 비명을 들은 자는 목숨을 잃는다. 그런 무시무시한 식물인 것이다.

우리가 그런 일을 하고 있을 때 현관 앞에 누군가가 나타났다.

그 인물은 문 앞에서 우물쭈물하더니, 노크를 할지 말지 한참 고민한 끝에—.

"남의 집 앞까지 와놓고, 왜 돌아가려고 하는 거죠?!"

"메, 메구밍?! 왜 그런 곳에 있는 거야?!"

그 사람은 바로 융융이었다.

문에 노크를 하려다 포기한 융융은 돌아가려는지 뒤돌아섰다가 화들짝 놀랐다.

"일전에 불쑥 찾아오고 얼마 지나지도 않았는데 또 이렇게 찾아오는 건 미안하니까, 좀 시간을 뒀다가 다시 찾아올까 싶어서……."

"한가하면 매일 놀러 와도 돼요! 왜 매번 그렇게 괜한 신경을 쓰는 거냐고요! 그것보다, 무슨 일로 찾아온 거죠?"

메구밍이 그렇게 묻자 우리에게 주려고 가져온 듯한 과자 상자를 손에 든 융융이—.

"매, 매일 와도 돼? 저기, 진짜로 매일 와도 귀찮아하지 않을 거야? 내가 놀러올 때마다 거북하다는 듯이 입을 꾹 다문다거나……."

"그런 건 괜찮거든요?! 이런 태도가 짜증난단 말이에요! 빨리 용건이나 말하세요!"

메구밍은 버럭 화를 냈고 융융은 우물쭈물하면서 입을 열었다.

"실은 저번에 말했던 족장 시련 말인데……."

융융은 그렇게 이야기를 시작했다.

"—즉, 이런 거야? 홍마족의 족장 시련은 파트너가 될 사람을 데리고 2인 1조로 치러야 한다는 거지?"

"그래요. 옛날에는 후위를 맡을 홍마족 마법사, 그리고 전위를 맡아줄 외부에서 온 검사 직업의 모험가가 조를 짜서 임했다는데……. 저기, 홍마족은 워낙 강하잖아요. 홍마족 두 명이 힘을 합치면, 전위 후위 같은 건 따질 필요도 없이 화력으로 밀어붙여서 시련을 클리어할 수 있다는 걸 다들 눈치챘어요."

정말 홍마족은 낭만이나 정취 같은 걸 모른다니깐.

시련을 함께 치를 파트너를 구하기 위해 여행을 떠나고,

이웃고 그 두 사람이 사랑에 빠진다는 왕도 전개를 깡그리 무시해버린 거냐.

바로 그때, 아무 말 없이 이야기를 듣고 있던 메구밍이 한숨을 푹 내쉬었다.

"즉, 같이 참가할 사람이 없어서 저에게 파트너가 되어달라고 부탁하러 온 거군요. ……하아, 어쩔 수 없네요. 좋아요. 이렇게 됐으니 제 실력을 마음껏 발휘하도록 하죠!"

메구밍은 그렇게 말한 뒤 싫지는 않다는 것처럼 쓴웃음을 지었—.

"뭐? 그렇지 않아. 메구밍을 파트너로 삼아봤자 전혀 도움이 안 되잖아. 폭렬마법을 한 번 쓰고 난 후에는 짐덩이만 될 걸? 그리고 시련은 세 개나 된단 말이야."

융융이 꽤 신랄한 발언을 입에 담자 메구밍은 그대로 굳어버렸다.

"그 의견에는 진심으로 동의하는데, 그럼 왜 우리를 찾아온 거야?"

"그, 그게……."

나는 재촉을 하듯 그렇게 말했고, 융융은 긴장한 표정으로 무릎 위에 올려둔 주먹을 꼭 말아 쥐었다.

"전위가 가능한 친구…… 악우……. 아니, 지인 모험가에게 진짜 내키지는 않지만 부탁을 해봤는데, 「아앙? 나는 보물섬 덕분에 짭짤하게 벌었으니까 한동안은 일을 할 필요가 없다고. 뭐, 완전 쭉쭉빵빵한 홍마족 누님을 소개해준다면 한번 생각해 볼 수도 있어」 같은 저질스러운 소리만 늘어놓지 뭐예요……."

"누구인지는 모르겠지만 진짜 쓰레기네. 그딴 녀석과는 어울리지 않는 편이 좋을 거야. 비슷한 놈 취급을 당할지도 모르거든."

"아, 그 사람이 멋대로 제 주위에 어슬렁거린다고 할까, 제가 자주 가는 가게에 항상 눌러앉아 있다고 할까……."

융융은 난처한 표정을 짓더니 곧 각오를 다진 것처럼 고개를 들고 입을 열었다.

"저기, 카즈마 씨! 저와 함께 홍마의 마을에 가서 시련을 받지…… 아얏! 메, 메구밍, 왜 이러는 거야?!"

메구밍은 갑자기 발끈해서 융융의 머리카락을 잡아당겼다.

"왜 이러는지 진짜로 몰라서 묻는 거예요?! 매번 카즈마를 멋대로 이용하게 둘 것 같아요?! 카즈마가 나설 필요도 없어요! 그딴 시련은 제가 간단히 통과해주겠어요!"

메구밍은 옆에 둔 지팡이를 꼭 끌어안고 선언하듯 그렇게 말했다.

"저기, 메구밍. 솔직히 말할게. 네가 파트너가 되어봤자 전혀 도움이 안 될 게 뻔하거든?"

"당신은 항상 우물쭈물하기만 하면서 때때로 똑 부러지게 이야기하네요!"

메구밍은 흥분한 탓에 새빨개진 눈으로 나를 쳐다보았다.

"고레벨 홍마족인 저라면 웬만한 저레벨 전위보다 잘 싸울 수 있어요. 몬스터 따위는 저의 마나타이트제 지팡이로 패죽일게요! 그러니까 카즈마는 집이나 지키고 있어요!"

드디어 마법사로서의 아이덴티티마저 버리기 시작한 메구밍이, 흥분한 상태에서 지팡이를 휘두르며 그런 선언을 했다.

2

"그럼 한동안 집을 비울 거지만, 제가 없는 동안 바보 같은 짓을 벌이지는 마세요."

"너, 요즘 들어 자기가 상식적이라는 착각에 빠져있지 않아? 솔직히 말해 이 마을 최고의 문제아는 사실 아쿠아가 아니라 너일지도 모른다고."

다음 날 아침.

자신이 상식적이라는 착각에 사로잡힌 메구밍은 걱정스러운 표정으로 우리를 쳐다보고 그렇게 말하더니, 다크니스를 향해 고개를 돌렸다.

"다크니스, 제가 없는 동안 당신이 저 두 사람을 말리세요. 다크니스는 성욕이 강한 점만 빼면 꽤 멀쩡한 편이잖아요. 아쿠아가 바보 같은 짓을 하거나 카즈마가 비명횡사하지 않도록 지켜봐주세요."

“누, 누가 성욕이 강하다는 것이냐! 이 마을에서 제일 성미가 급한 메구밍이야말로 아무한테나 싸움을 걸지 마라. 카즈마는 내가 지켜보마. 불쑥 나타난 여자애에게 푹 빠져서 따라가지 않도록 감시하겠다.”

어이쿠, 어찌된 영문인지 내 신용이 바닥을 치고 있군요.

“여성 문제에 있어서는 다크니스가 가장 위험하다고 생각하는데요……. 뭐, 좋아요. 두 사람 다 진짜로 선을 넘을 상황에서는 움츠러드는 얼간이니까요. 아쿠아, 이 두 사람이 문란한 관계가 되지 않도록 감시해 주세요.”

“알았어. 아직 아이를 가지기에는 이른 나이니까. 이상한 소리가 들리면 피임은 똑바로 하라고 주의를 주면 되지?”

“뭘 알았다는 거죠?! 카즈마와 다크니스가 단둘이 있지만 못하게 하세요!”

이 녀석은 나를 대체 뭐로 보고 이런 소리를 늘어놓는 걸까.

“어이, 나도 지조라는 게 있거든? 양다리 걸칠 기회가 있는데도 다크니스를 딱 잘라 거절했단 말이야.”

“참 맞아요. 다크니스를 딱 잘라 거절했었죠. 죄송해요. 카즈마를 조금은 신용하도록 할게요.”

“……너희 둘 다 정원으로 따라와라. 거기서 따끔한 맛을 보여주마.”

다크니스가 무시무시한 눈길로 쳐다보는 가운데, 메구밍은 우리를 향해 손을 흔들었다.

“그럼 홍마의 마을에 가서 그 시련이라는 걸 뭉개버리고 올게요. 다들 얌전히 지내고 계세요.”

그렇게 말한 메구밍은 빙긋 웃으면서 떠났다.

“자, 메구밍이 빠졌으니까 집안일 당번을 다시 정해볼까? 빠르면 며칠 안에 돌아온다고 했지만, 그래도 혹시 모르니까 말이야.”

메구밍이 떠난 후…….

남겨진 우리는 앞으로의 일을 상의하기 시작했다.

“나, 화장실 청소는 이제 질렸어. 요리 당번 같은 걸 시켜줘.”

“아쿠아가 요리를 하면 대부분의 식재료가 못 쓰게 될 거다. 네가 요리를 할 때마다 액체 조미료 몇 병이 맹물이 되어버리는 건 비효율적이지 않겠느냐.”

흐음.

“그럼 요리 당번은 내가 맡겠어. 다크니스의 요리 실력은 평범하고, 아쿠아는 요리를 하면 안 되잖아. 대신 청소는 다크니스가 맡고, 화장실과 욕실은 아쿠아가 담당해.”

“저, 저기, 내 요리 실력은 평범한 것이냐? 일단은 사람이 먹을 수 있는 음식을 만들 정도는 된다만…….”

“대체 왜 나한테만 화장실 청소를 시키는 건데?! 카즈마가 요리 당번만 하는 것도 약았어! 우리 집 집안일에는 새롭게 밭 당번이 추가됐으니까, 하다못해 그거라도 도와줘.”

두 사람은 내 제안을 듣고 바로 반론했지만 곧 다크니스가 뭔가를 눈치챘다.

"밭 당번? 어이, 아쿠아. 그게 무슨 소리냐! 설마 정원에 밭이라도 만든 것이냐?! 비전문가의 농작업은 법으로 금지되어 있단 말이다!"

"다크니스는 똑똑한 척이란 척은 다하면서 실은 아무것도 모른다니깐. 고레벨 모험가는 예외적으로 농작업을 해도 된답니다! 자, 내 모험가 카드에 표기된 레벨을 확인해줄래? 이해됐으면 다크니스도 도와! 그럼 맛있는 채소를 나눠줄게!"

아쿠아는 그렇게 말하면서 자신의 모험가 카드를 다크니스에게 보여준 후, 농기구인 낫을 들고 밖으로 나갔다.

"기다려라, 아쿠아. 불길한 예감만 드니 채소를 기르는 건 관둬라! 머지않아 우리가 기른 채소가 남들에게 폐를 끼치는 미래가 눈앞에 아른거린단 말이다!"

우리가 기른 채소가 남들에게 폐를 끼친다는 말도 일본에서는 좀처럼 들을 수 없는 대사다.

나는 아쿠아를 쫓아가는 다크니스를 곁눈질하며 우편함에 꽂혀 있는 신문을 뽑아들고 소파에 몸을 맡겼다.

"……응?"

별생각 없이 펼쳐본 신문에는 신경 쓰이는 기사가 실려 있었다.

그 기사의 제목은 『마왕군에 새로운 움직임. 간부 숫자가 줄어서 위기감에 사로잡힌 건가?』였다.

간부의 숫자가 줄어든 것에는 우리가 엄청 관여하고 있다.

새로운 움직임이라는 건 대체 뭘까. 어쩌면 나는 그 녀석들의 블랙리스트에서 가장 윗줄에 실려 있지 않을까.

나는 이제 부르주아하고 평온한 삶을 살고 싶은 데 말이다.

마왕군이 나를 두려워하는 심정은 이해하지만 가능하면 그냥 좀 내버려뒀으면 좋겠다.

"하지만 성가신 일이라는 건 내가 원치 않는데도 멋대로 찾아오잖아. ……하아, 이래서 영웅은 힘들다니깐……."

나는 한숨을 푹 내쉬다가 이쪽을 뚫어져라 쳐다보고 있는 촘스케와 눈이 마주쳤다.

……다들 밖으로 나가서 저택 안에는 나 혼자 뿐인 줄 알았는데 말이야.

중2병 느낌 물씬 나는 혼잣말을 고양이가 들었다는 생각에 얼굴이 벌게지는 가운데, 나는 신문의 페이지를 넘겼고—.

"……어엇?!"

다음 페이지에는 내 이름이 떡하니 실려 있었다.

그러고 보니 왕도의 성에 머물 때, 메구밍과 함께 신문사에 쳐들어가서 마왕군 간부를 몇 명이나 해치운 우리의 특집 기사를 실어달라는 소리를 한 적이 있었다.

그때 홍마족의 힘과 더스티네스 가문의 권위로 협박을 했었는데, 그 덕분에 이제야 특집 기사가 게재된 것 같았다.

"호오, 『수많은 거물 현상범과 마왕군 간부를 해치운, 최강의 최약체 직업 사토 카즈마 씨의 수수께끼를 파헤친다』라. 어이, 춈스케. 이것 좀 봐. 이건 신문이라는 건데, 여기에 이름이 실린다는 건 엄청 대단한 일이야. 앗, 발톱 세우지 마! 신문이 찢어진다고!"

자랑스레 보여준 신문을 찢으려 드는 춈스케를 허둥지둥 안아 들어서 무릎 위에 올려두고, 나는 다시 신문을 읽었다.

거기에는 우리 파티에 대해 여러모로 적혀 있었다.

우선 나에 대해서는 액셀을 거점으로 삼는 최약체 직업이면서도 곳곳에서 마왕군 간부와 현상범을 해치운 수수께끼의 모험가라고 적혀 있었다.

수많은 스킬을 사용하며 여러 왕족 및 귀족과 친밀할 뿐만 아니라, 홍마족과도 친분이 깊다고 실려 있었다.

또한 재력과 권위, 그리고 지혜와 힘, 행운을 갖춘 현재 가장 주목 받아 마땅한 모험가라고 소개되어 있었다.

"아쿠아~! 아쿠아~! 여기 와서 이 기사 좀……. ……잠깐만 있어봐?"

나는 정원에서 다크니스와 시끌벅적하게 떠들고 있는 아쿠아를 부르려다, 신문기사의 뒷내용을 보고 생각을 바꿨다.

내 기사를 자랑하고 싶었지만 그 기사에는 나에 대해서만 적혀 있지는 않았다.

"『이 파티에서 대단한 이는 사토 카즈마 씨만이 아니다.

인류가 지닌 궁극의 공격수단인 폭렬마법을 구사하는 아크 위저드 미소녀를 비롯해, 일족 전체가 뛰어난 방어력을 지닌 것으로 유명한 대귀족인 더스티네스 가문의 미인 영애 크루세이더도 파티 멤버다. 그리고 정체불명의 파랑머리 미인 아크 프리스트도 이 파티에 속해 있다』……. 설마 이 미소녀니, 미인이니 하는 애들이……."

아니, 뭐, 외모 하나는 확실히 봐줄만 했다.

그리고 내 소개 또한 약간 과장되어 있기는 했다고…….

"『뛰어난 내구력과 강력한 공격력을 지닌 크루세이더가 전위를 맡고, 여차할 때는 텔레포트까지 쓸 수 있는 홍마족 아크 위저드가 화력을 담당한다. 그리고 존재 자체가 희귀한 만능 직업, 아크 프리스트가 그들을 지원하고 있으며…… 모험가가 그들을 소소하게 서포트한다고 하는, 절묘하게 균형이 잡힌 파티 구성……』. ……어라, 좀 수상해 보이는걸."

그 기사를 계속 읽어보니 메구밍과 다크니스, 아쿠아는 과대평가 되고 있지만 내 활약상은 거의 적혀 있지 않았다.

아니, 지휘관이나 지도자 같은 취급이다.

뭐, 틀린 말은 아니지만, 그래도 좀 맥이 빠진다고 할까…….

왠지 다른 녀석들이 이 기사를 보면 으스댈 것 같으니, 이 신문은 그 녀석들에게 보여주지 말아야겠다.

하지만—.

"이런 변경까지 쳐들어오지는 마. 괜히 시비만 걸지 않는다면, 우리가 쳐들어가지는 않을 거라고."

나는 이 신문의 1면에 실린 『마왕군의 새로운 움직임』이라는 글자를 힐끔 쳐다본 후, 그것을 접어서 넣어뒀다.

아쿠아가 밭일을 마치고 다 같이 점심 식사를 한 뒤에—.

"토벌을 하러 가자!"

입가에 수염 모양으로 소스가 묻은 아쿠아가 뭘 잘못 먹었는지 단호한 어조로 그런 말을 늘어놓았다.

이 녀석은 느닷없이 무슨 소리를 하는 걸까.

설마 일전의 보물섬 퀘스트 때 모험가로서의 기쁨에 눈뜨기라도 한 것일까.

"몬스터 토벌은 모험가의 본분이니 반대는 하지 않겠다만, 우리끼리 해치울 수 있겠느냐? 메구밍이 돌아온 후에 토벌에 나서는 편이 좋지 않을까?"

다크니스가 우아하게 홍차를 홀짝이며 그렇게 말하자—.

"바로 그거야! 우리한테는 메구밍이 있어. 응, 그건 정말 좋은 일이야. 하지만 얼마 전에 문뜩 깨달았어. 메구밍이 대부분의 몬스터를 해치우니까, 우리 레벨이 올라가지 않는다는 걸. 뭐, 이미 완벽한 나는 레벨이 올라도 스테이터스가 상승하지 않겠지만, 그래도 체면을 생각하면 이 파티의 간판 격인 내가 가장 레벨이 높아야 하지 않겠어?"

"언제부터 네가 이 파티의 간판 격이 된 건지는 모르겠지만, 확실히 레벨을 좀 올리고 싶긴 하네."

뭐, 나 말고 다른 녀석들은 어느새 레벨이 20대, 30대까지 올라갔으니까 말이야.

나도 경험치가 잔뜩 담긴 고급 식재료를 먹고 있는데, 왜 이렇게 레벨이 차이나는 걸까.

"때때로 다크니스와 묘지에 가서 유령들을 처리하고 있지만, 역시 떠돌이 고스트는 경험치를 너무 적게 준다니깐. 그러니까 메구밍이 없는 동안에 레벨을 잔뜩 올려둬서, 돌아오면 깜짝 놀라게 해주는 거야."

"자기만 따돌림을 당했다고 생각한 메구밍이 난리를 칠지도 모르는데 말이다. ……뭐, 그래도 그 녀석은 홍마의 마을에서 시련이라는 것을 받고 있을 테고, 같은 파티의 멤버와 레벨이 더 차이나는 것도 좋지는 않을 것 같구나."

다크니스는 진지하게 생각에 잠긴 것 같지만 그렇게 본다면 레벨적으로도, 직업적으로도, 스테이터스적으로도, 내가 가장 뒤처지고 있다.

하지만—.

"메구밍이 없는 동안에 레벨을 올리는 건 좋아. 하지만 어떻게 레벨을 올릴 건데? 경험치는 몬스터의 숨통을 끊은 녀석만 얻잖아? 너희 둘은 공격수단이 없지 않아?"

그렇다. 다크니스는 공격을 하면 전부 빗나가고, 아쿠아의 공격수단은 언데드나 악마에게만 통한다.

아쿠아는 내 말을 듣더니 흥, 하고 코웃음을 쳤다.

"그 점에 대해서도 다 생각해둔 게 있어. 아무튼 나만 믿어!"

그리고 아쿠아는 의기양양한 표정으로 그런 말을 늘어놓았다.

3

아쿠아는 액셀 마을의 뒷골목에서 고개를 쏙 내밀었다.

"……찾았어. 다들, 준비는 됐지?"

나는 마을 밖에 있는 몬스터를 사냥하러 갈 줄 알았지만 아쿠아의 표적은 마을 안에 있었다.

"저, 저기, 아쿠아. 너, 설마……!"

갑옷 차림인 다크니스 또한 나와 마찬가지로 마을 밖에 나갈 거라고 생각했던 건지, 당황한 목소리로 그런 말을 늘어놓는 가운데—.

"우선 내가 가볍게 공격을 해서 움직임을 봉쇄할게. 그 다음에는 카즈마가 바인드로 묶어버려! 그래서 상대가 움직이지 못하게 되면, 다 같이 포위하고 두들겨 패는 거야!"

"이, 인마, 성직자라는 녀석이 이딴 짓을 벌이려는 거냐……."

내가 약간 질린 어조로 아쿠아를 향해 그렇게 말했다.

아니, 성직자라서 이러는 걸까.

그것도 그럴 것이, 아쿠아가 노리는 상대는 바로—.

"음? 더스티네스 경과 동료 분들이군. 이런 데서 마주치다니, 참 기묘한 우연—."

"갓블로~!"

위즈의 가게 앞을 청소하고 있던 건지, 빗자루를 한손에 쥐고 아장아장 걸어 다니고 있던 인형탈이 아쿠아에게 두들겨 맞더니 그대로 풀썩 쓰러졌다.

땅에 쓰러질 때 난 소리가 작은 걸 보면, 또 내용물이 소멸된 것 같았다.

"어이, 인형탈! 정신 차려! 바닐, 있지~?! 너희 가게 녀석의 잔기가 또 사라졌어!"

내가 가게 안을 향해 고함을 지르자 바닐이 허둥지둥 밖으로 나왔다.

"이 빌어먹을 여자가! 네 녀석은 하루라도 이 몸을 괴롭히지 않으면 좀이 쑤시는 것이냐!"

"이 펭귄을 소생시킬 때마다 네 잔기도 줄지? 그럼 잘 됐네. 경건한 신도가 바치는 무한하고 신성한 내 마력과, 한 묶음에 30에리스밖에 안 하는 네 잔기. 대체 어느 쪽이 먼저 바닥날지 시험해보겠어!"

바닐이 인형탈의 등에 숨을 불어넣어서 소생시키는 사이, 아직 제대로 사태 파악을 못한 다크니스가 아쿠아를 말리며 물었다.

"어이, 아쿠아. 네가 말한 레벨업 상대가 설마……."

"물론 이 펭귄이야. 나한테 간단히 당해버릴 만큼 약해빠졌지만, 이 녀석을 정화시킬 때마다 레벨이 1씩 올라. 즉, 경험치를 잔뜩 주는 것 같아. 그러니까 이 녀석을 이용해 레벨을 올리는 거야!"

"히익!!"

방금 소생한 인형탈이 아쿠아의 말을 듣고 비명을 질렀다.

"—차, 차 드세요."

그대로 위즈의 가게에 다짜고짜 쳐들어간 아쿠아에게, 인형탈이 두려움에 떨며 차를 내줬다.

천 조각으로 꿰맨 날개 부분이 희미하게 떨리고 있었다.

날개 부분을 저렇게 꿰맨 것은 일전에 크리스의 단검에 찢어졌기 때문이리라.

저런 겉모습과 부들부들 떨고 있는 광경을 보니 점점 죄책감이 몰려왔다.

아쿠아는 인형탈이 내준 차를 한 모금 마시고—.

"……너, 감히 나한테 차랍시고 맹물을 내놓는 거야? 배짱 한 번 끝내주네."

"어?! 저는 분명 차를 끓였는데……! 다, 다시 끓여 오겠습니다!"

"차를 다시 끓일 필요 없다, 제레실트! 네 놈은 농락을 당하고 있는 거다!"

아쿠아가 일부러 차를 맹물로 바꾸며 시비를 건 걸로 모자라, 상사인 바닐에게 꾸중까지 듣고 만 인형탈은 고개를 푹 숙인 채 나에게 다가왔다.

"소년, 나는 악마지만 마음이 꺾일 것만 같을 때가 있지. 부탁인데, 내 푸념을 들어주지 않겠나……."

"저기 말이야. 진심으로 충고하는 건데, 한시라도 빨리 이 마을에서 도망치는 편이 나을 거야."

내가 인형탈을 위로하고 있을 때 다크니스가 가게 안을 둘러보았다.

"그러고 보니 위즈가 보이지 않는구나. 그녀는 어디 간 것이냐?"

"그 괴전파 수신 점주 말인데, 한 일주일 정도 한숨도 재우지 않고 일을 시켰더니 「도전자의 기운이 느껴져요」 같은 묘한 소리를 하더구나. 저번 보물섬 덕분에 한숨 돌리기도 했고 진짜로 위험한 것 같아서, 좀 쉬게 하고 있는 중이다."

위즈는 이미 완전히 망가지고 만 것 아닐까.

"그런데 소년. 너희는 오늘 무슨 일로 온 것이지?"

""""아.""""

나는 바닐의 말을 듣고 떠올렸다.

그렇다. 아쿠아가 말했던 레벨업…….

나는 영문을 모르겠다는 눈길로 쳐다보는 인형탈에게서 고개를 돌린 후, 아쿠아와 다크니스를 가게 구석으로 불러

낮은 목소리로 상의했다.

(어이, 진짜로 저걸 계속 해치워서 레벨을 올릴 생각이야? 실은 예전에 홍마의 마을에서 친해진 사람들로부터, 빈사 상태로 움직이지 못하는 몬스터의 숨통을 끊어서 레벨을 올리는 양식이란 방법을 추천 받은 적이 있거든? 그것에 버금갈 만큼 양심에 찔린다고.)

(저 귀여운 겉모습이 문제네. 잘 생각해보니, 아무리 악마라도 몇 번이나 비명을 지르며 펑펑 울게 만들었더니 마음이 아파. 좋은 생각인 줄 알았는데, 좀 그러네.)

(그렇다면 평범하게 레벨을 올리는 게 좋지 않을까? 메구밍이 없기는 하지만, 우리도 꽤 실력을 갈고 닦았지. 어쩌면 이건 좋은 기회일지도 모른다. 평소 같으면 메구밍이 적과 마주치자마자 한방에 쓸어버리고 그냥 돌아갔을 테니까 말이야.)

흐음, 이 멤버로 평범하게 몬스터를 사냥해서 레벨을 올리자는 거구나.

잘 생각해보니 나와 아쿠아와 메구밍이 파티를 짜서 전투를 치른 적은 있어도, 나와 아쿠아와 다크니스만으로 파티를 짜서 싸운 적은 없었다.

"좋아. 메구밍의 마력이 고갈됐을 때를 대비해서, 이참에 연습을 해보자."

내가 평소와 다르게 모험가다운 제안을 하자 두 사람은

고개를 끄덕였다.

4

너희는 결국 뭔 짓거리를 하러 온 거냐는 바닐의 조롱을 듣고 뚜껑이 열린 아쿠아가 인형탈을 또 정화하는 일이 벌어졌지만, 아무튼 우리는 그 후에 마을 밖 평원으로 향했다.

"개구리를 잡을 거지? 이번에야말로 개구리 리벤지다!"

"싫어! 개구리만은 절대 싫단 말이야! 그 개구리는 내 천적 삼아 창조된 거나 다름없는 생물이 틀림없어!"

옛날 트라우마가 되살아난 아쿠아가 필사적으로 반대를 한 바람에, 우리는 표적으로 삼을 몬스터를 선정하는 과정에서 난항을 겪고 있었다.

"하지만 아쿠아. 우리 실력을 고려하면 개구리가 가장 효율적일 거라고 생각한다만……. 개구리는 금속제 갑옷을 입은 나를 잡아먹지 못할 거다. 그러니 전멸을 당하는 사태만은 피할 수 있겠지."

"그럼 개구리가 나만 노려댈 게 뻔하잖아! 나도 학습이라는 걸 하거든?! 이대로 싸우러 갔다간 내가 개구리한테 잡아먹힐 게 뻔하단 말이야!"

이 녀석은 요즘 들어 진짜로 조금씩 학습이라는 것을 하고 있었다.

레벨이 올라도 지능 스테이터스는 성장하지 않을 테지만, 이것을 성장이라고 여겨도 되는 걸까.

아쿠아의 성장을 확인하고 왠지 기쁘다는 생각이 든 나는, 그녀의 의견을 받아들이기로 했다.

"알았어. 그럼 다른 몬스터를 노리자. 마을에서 약간 떨어진 곳에 있는 숲은 어때? 지금 시기면 많은 몬스터들이 동면을 위한 영양분을 비축하기 위해 활발하게 활동할 거야. 분명 숲에 들어가면 몬스터를 실컷 잡을 수—"

"싫어. 숲에는 벌레 타입 몬스터가 많잖아. 매력 넘치는 내가 뿜는 달콤한 향기에 이끌려서, 나한테 몰려들 게 뻔해."

아쿠아는 벌레를 유혹하는 식충식물 같은 발언을 입에 담았지만 확실히 그런 일이 벌어질 수도 있을 것 같았다.

아쿠아의 발언을 들으며 생각에 잠겨 있던 다크니스는 갑자기 손뼉을 쳤다.

"그럼 이러면 어떻겠느냐? 일전에 아쿠아가 정화한 호수에 악어가 있었던 걸 기억하지? 살 곳을 잃은 그 녀석들은 다른 습지로 이동했다고 한다. 지금도 그 호수에서 그렇게 멀지 않은 곳에 있겠지. 이참에 그 녀석들을 싹 쓸어버려서, 그때 맡았던 의뢰를 완수하는 것도……."

"싫어. 그런 말에 안 속거든? 그 습지에 가봤자, 결국 악어를 유인하기 위해 물을 정화하라고 나한테 시킬 거잖아. 그렇게 되면 또 내가 우선적으로 공격을 받을 거야. 그러니까 그런 곳에 가는 건 싫어!"

………….

"야, 인마. 날씨도 쌀쌀해졌고, 그 인형탈 퇴치보다 편하게 경험치를 벌 방법은 없는 것 같으니까 슬슬 귀찮아진 거지?"

"뭐야. 눈치챘어? 그런 소리를 하는 걸 보면 카즈마도 슬슬 만사가 귀찮아졌구나? 그럼 오늘은 이쯤에서 끝내고 전골 재료나 사서 집에 돌아가자."

꽤 매력적인 제안을 한 아쿠아가 다크니스에게 혼이 나는 가운데, 나는 될 대로 되라는 듯이 지시를 내렸다.

"좋아. 그냥 개구리나 잡자. 어이, 다크니스. 대충 이 근처에 있는 녀석을 유인해와."

"알았다. 공격은 너에게 맡기마. 뭐, 개구리는 크니까 내 공격이 운 좋게 명중할지도 모르지. 기대해다오."

운 좋게 명중하는 거냐.

"싫어어어어어어어! 왜?! 어째서?! 너는 카즈마 씨가 아냐! 평소의 카즈마 씨라면 내가 농땡이 피우자는 제안을 했을 때 「그럼 그렇게 할까」라고 말하면서 넙죽넙죽 내가 시키는 대로 했을 거란 말이야!"

"시, 시끄러워~! 내가 항상 농땡이나 피우는 녀석이라고 생각하지 마! 나도 할 때는 하는 남자라는 게 판명된 거라고! 잔말 말고 너도 따라오기나 해!"

내가 엉엉 우는 아쿠아를 질질 끌고 가면서 주위를 둘러보고 있을 때—.

"카즈마는 요즘 들어 너무 이상해! 오랫동안 집에 틀어박혀 있던 백수가 용기를 쥐어짜내 아르바이트를 시작했는데, 칭찬 좀 받았다고 자신감이 생겨서 자기는 할 때는 하는 남자라고 착각하고 있는 것 같잖아! 그 근거 없는 자신감은 대체 뭐야?! 다크니스와 뽀뽀를 했기 때문이야? 뽀뽀하고 어른의 계단을 올라간 거야?!"

"시, 시끄럽다, 아쿠아! 그때 일은 이제 잊어다오! 너도 나를 힐끔힐끔 쳐다보지 마라! 아무튼, 카즈마! 이 주위에는 개구리가 없는 것 같다!"

개구리를 찾던 다크니스는 남들 앞에서 나에게 키스를 했던 일을 떠올렸는지 동요했다.

아쿠아의 지적이 완전히 잘못됐다고는 생각하지 않지만, 내가 자신감을 느끼고 있는 이유는 따로 있었다.

그것은 바로 오늘 아침에 본 신문에 실려 있던 특집 기사다.

그렇게 대대적으로 신문에서 거론된 카즈마 씨가 좀 귀찮아졌다고 집에 확 돌아가 버릴 수야 없지.

전국의 사토 팬, 그리고 지금도 일본에서 열심히 살고 있을 나와 같은 성을 지닌 분들에게 미안하니까 말이다.

나는 활을 꺼낸 후—.

"어이, 다크니스. 우선 내가 간이 다이너마이트로 땅속에 있는 개구리를 깨우겠어. 그러면 너는 디코이를 써서 개구리들을 유인해. 처음에는 개구리가 몰려들겠지만, 곧 네가 금속 갑옷을 걸친 걸 알고 잡아먹는 걸 포기하겠지. 하지만 개구리가 다음 표적인 우리를 발견하고 몰려들 즈음에는……. 내 활로 그 녀석들을 전부 처리했을 거야."

다크니스는 내 말을 듣더니 표정이 환해졌다.

"오, 오오……! 너 대체 오늘은 어떻게 된 것이냐. 진짜로 자신감에 가득 차 있구나! 오랫동안 동정이었던 남자가 용기를 내서 간 어른의 가게에서 처음으로 관계를 가졌는데, 잘한다고 칭찬을 받은 뒤 자신감이 생겨서 자기는 뭐든 잘 할 수 있다고 착각한 듯한……."

"시끄러워~! 너희 둘 다 작작하라고! 내가 자신감을 가지는 게 그렇게 이상하냐?! 젠장, 어리광을 받아주는 메구밍이 없더라도, 나는 얼마든지 잘 할 수 있는 남자라는 걸 증명해주겠어! 『틴더』!!!!"

나는 다이너마이트를 꺼내고 그것을 먼 곳에 집어던졌다.

그리고 수제 도화선에는 불이 붙지 않을 때도 있어서 틴더로 직접 불을 붙였다.

메구밍이 있다면 이 아이템을 쓰지 않았을 것이다. 그 녀석이 내다버리라고 그렇게 난리법석을 떠는데도 실은 몰래 계속 만들고 있었다.

아쿠아는 간이 다이너마이트를 보더니 양손으로 귀를 막

고 눈을 감았다.

액셀 마을의 밖에 펼쳐진 평원에서 메마른 폭음이 울려 퍼졌다.

그와 동시에 대지가 꿈틀거리고 눈에 익은 생물이 모습을 드러냈다.

"좋아! 나왔다, 카즈마! 개구리……다……?"

그렇다. 그것은 분명 개구리였다.

하지만 그 숫자는 한두 마리 정도가 아니라—.

"저기, 카즈마? 왜 개구리가 이렇게 많은 거야?! 게다가 일제히 이쪽을 쳐다보고 있거든?! 대체 뭐가 어떻게 된 거야?!"

다크니스에게 팔을 잡힌 아쿠아가 울먹거리면서 그렇게 외쳤다.

아니, 나도 뭐가 어떻게 된 건지 모르겠는데……!

"말했잖아! 이럴 것 같아서 내가 개구리는 싫다고 말했다구! 이 개구리들은 분명 악마들이 신인 나에게 대항하기 위해 창조한 사악한 존재야! 와아아아아, 이럴 것 같아서 돌아가자고 한 건데에에엣!"

"시끄러워! 죽고 싶지 않으면 질질 짜지 말고 지원 마법이라도 써! 그리고 뭐가 이렇게 많은 거야?! 또 네 악운이 이 녀석들을 불러들인 거 아냐?!"

개구리들은 평소와 다르게 배라도 고픈 건지, 우리를 향해 서슴없이 달려들었다.

그 모습을 보고 생각에 잠겨 있던 다크니스가 갑자기 입을 열었다.

"어이, 카즈마! 이건 아마 보물섬 탓이다! 신수인 보물섬의 마력 때문에 겁을 먹은 개구리들이 쭉 지면에 숨어 있었던 거다. 웬만한 거물 현상범은 비교도 안 될 만큼 강력한 마력을 느낀 탓에, 배가 고픈데도 밖에 나오지 못했던 개구리들이 네 마도구에 자극을 받고 이렇게 한꺼번에 튀어나온 거겠지."

"사과해! 내 악운 탓으로 떠넘긴 걸 사과하란 말이야! 이번에는 네가 불러낸 거니까, 네가 책임지고 저 녀석들을 어떻게든 해!"

아쿠아는 다크니스의 설명을 듣고 나에게 다짜고짜 따지기 시작했다.

"나도 다이너마이트 때문에 이런 일이 벌어질 줄은 몰랐다고! 그래도 의심한 건 사과할게! 사과할 테니까, 같이 잡아먹히자! 어차피 다크니스는 살아남을 테니까, 나중에 구해달라고 하는 거야!"

"싫어어어어어! 이제 점액은 싫단 말이야앗! 비린내도, 더럽혀지는 것도 싫어어어어어어어어엇!"

"푸하하하하하하! 덤벼라~!"

몰려드는 개구리 무리를 쳐다보면서…….

이 파티는 멤버 전원이 모여야 겨우 제대로 돌아간다는

것을, 나는 다시 한 번 실감했다.

5

"흐……흑……. 이제 집 밖은 싫어……. 겨울 동안에는 집에 틀어박혀 지내야지……."

아쿠아가 온몸에 묻은 점액을 뚝뚝 흘리면서 융단 위를 털레털레 걸었다.

나도 빨리 목욕을 하고 싶지만 오늘은 아쿠아에게 차례를 양보해야겠다.

그것도 그럴 것이, 아쿠아는 개구리 뱃속에서 다크니스에게 구조될 때마다 또 다른 개구리에게 잡아먹혔던 것이다.

나와 아쿠아가 동시에 구조되면, 어찌된 영문인지 아쿠아가 우선적으로 개구리에게 잡아먹혔다.

아마 운이 나쁘기 때문이겠지만, 개구리가 신의 천적이라는 아쿠아의 주장을 나도 조금은 믿게 됐다.

나는 비틀거리는 아쿠아의 손을 잡고 욕실로 데려갔다.

"자, 물을 데워줄 테니까 빨리 씻어. 나는 나중에 씻을게."

"흑…… 훌쩍……. 카즈마 씨가 다이너마이트를 터뜨린 바람에 이렇게 된 건데, 좀 상냥하게 대해줬다고 용서해버리는 게 너무 분해……."

울면서도 순순히 따라온 아쿠아를 욕실로 안내하고 마법

으로 욕조 안에 물을 받은 다음, 그 물을 데웠다.

나는 아쿠아가 목욕을 마치고 나오는 사이, 개구리 토벌을 보고하러 간 다크니스가 돌아올 때까지 점액으로 범벅이 된 상태에서 기다렸다.

"다녀왔다."

개구리가 질색하는 금속 갑옷 덕분에 유일하게 무사했던 다크니스는, 토벌 보수와 개구리 고기를 판 돈을 가지고 현관에 선 채 나를 지그시 쳐다보았다.

"수고했어. 욕실은 아직 안 비었어. 그리고 아쿠아가 목욕을 마치면 다음에는 내가 들어갈 거야. ……어? 왜 내 몸을 뚫어져라 쳐다보는 거야?"

"그, 그게, 너희는 툭하면 개구리에게 잡아먹히지 않느냐. 그게 어떤 느낌인지 상상하고 있었다……."

요즘 들어 좀 호전된 줄 알았더니, 이 녀석의 마조히스트 기질은 영영 낫지 않을 것 같다.

"다크니스, 어서 와~. 카즈마, 욕실 비었어~. 내가 목욕한 물을 마시지는 마. 정화가 되었으니 깨끗하겠지만, 개구리 성분이 남아있다면 배탈이 날지도 몰라."

욕실에서 잠옷 차림으로 나온 아쿠아가 맨발로 걸어오며 그렇게 말했다.

"이 점액 범벅 걸레가 사람을 뭐로 보고 그딴 소리를 하는 거야? 나는 아직 점액 범벅이거든? 다시 목욕을 해야 하는 상황에 처하고 싶지 않다면 빨리 사과를—."

"잘못했어요, 카즈마 씨. 이제 점액은 질색이니까, 용서해 주세요."

아쿠아는 물 흐르는 듯한 동작으로 무릎을 꿇은 채 싹싹 빌었고, 나는 바로 목욕을 하러 갔다.

—점액으로 범벅이 된 몸을 씻은 후, 나는 욕조 안의 물에 몸을 담그고 한숨 돌렸다.

오늘은 이런저런 일이 있었지만 메구밍이 여행을 떠나고 아직 하루도 지나지 않았다.

원래라면 문제아가 한 명 줄어서 편해져야 하는데, 나는 왜 이렇게 지쳐버릴 정도로 고생을 하는 걸까.

바로 그때, 욕실 밖에서 인기척이 느껴졌다.

"저기, 카즈마. 오늘은 피곤하니까 저녁을 안 먹을래. 대신 술안주만 좀 챙겨갈게."

"어이, 그 안주라는 게 설마 내가 소중히 아껴둔 캐비아는 아니겠지? 그건 내가 성에서 지낼 때, 뭐든 된장국에 집어넣고 보는 괴상한 집사한테서 겨우겨우 얻어낸 거라고!"

나는 욕실 밖에 있는 아쿠아를 말렸지만 그녀는 콧노래를 부르며 사라졌다.

확 알몸으로 쫓아갈까도 생각했으나 아쿠아뿐만 아니라

나도 꽤 지친 것 같았다.

나는 눈을 감은 후, 어깨까지 물에 담그고…….

얼마 동안 잠을 잔 것일까.

정신을 차리고 보니 램프의 불이 꺼져 있었고 창밖도 어두워져 있었다.

욕조 안의 물이 미지근해진 것을 보면 꽤 긴 시간 동안 잠을 잔 것 같았다.

즉, 나는 그만큼 지쳤던 것이다.

그리고—.

"메구밍도 나름대로 도움이 됐던 거구나……."

만약 메구밍이 있었다면 오늘 우리가 상대했던 대량의 개구리도 한방에 해치울 수 있었을 것이다.

그러고 보니 다크니스가 알다프라는 영주 아저씨에게 시집을 가야했을 때도, 없어진 후에야 그 녀석이 얼마나 고마운 존재인지 깨달았지.

그렇다면 남이 소중히 아껴둔 비장의 안주를 멋대로 먹어치우거나, 성가신 문제만 일으키는 아쿠아도—.

"에이, 그것만은 말도 안 돼~."

나는 어둑어둑한 욕실 안에서 자조 섞인 어조로 그렇게

중얼거렸다.

뭐, 아쿠아의 회복 마법만큼은 충분히 도움이 되고 있었다.

유해가 손상되지만 않는다면 얼마든지 소생시킬 수 있는 점은 치트 능력이라고 해도 과언이—.

"아냐. 아쿠아만 없었으면 훨씬 제대로 된 신기나 능력을 받았을 테니까, 죽는 일 자체가 없었을 거잖아……."

응. 이 말도 아쿠아에게는 하지 말자.

했다간 울음을 터뜨릴 거라고…….

아무튼, 지금 생각해보면 이 세계에서의 바보 같은 삶도—.

나쁘지 않다.

그렇게 생각한 순간이었다.

욕실 밖에서 문이 열리는 소리가 들렸다.

내가 지금 있는 욕실 안은 램프 불빛이 꺼져서 어둑어둑하니, 안에 누군가가 있을 거라고는 생각도 못할 것이다.

그리고 아쿠아는 이미 목욕을 마쳤고 메구밍은 홍마의 마을에 갔다.

그렇다면—.

나는 스르륵 하고 옷깃 스치는 소리를 들으면서 그날의 일을 떠올렸다.

처음으로 서큐버스 서비스를 부른 날 밤, 나는 이렇게 욕실에 있었다.

그러고 보니 지금과 똑같은 상황이다.

램프 불빛이 우연히 꺼졌고 나는 욕조 안에서 졸았다.

그때는 꿈을 꾸고 있다고 생각했지만 지금은 현실이라는 것을 알고 있다.

욕실과 탈의실 사이에 있는 유리문에 하얀 실루엣이 떠올랐다.

그때와 완전히 똑같은 상황이었다.

유리문이 열리자 당연히 다크니스가 모습을 드러냈다.

저번에 눈에 새겼던 모습에 비해 몸 곳곳이 커진 듯한 다크니스는 나와 시선이 마주치자—.

"꺄아아아아아아아아아아아아아아!"

새된 비명이 욕실에 울려 퍼졌다.

"—너너너, 너는 대체 무슨 생각을 하고 있는 것이냐! 아니, 그것보다 왜 내가 아니라 네가 비명을 지른 거지?! 그건 좀 이상하지 않느냐?!"

새된 비명을 지른 내 곁으로 허둥지둥 뛰어온 다크니스는 필사적인 표정을 하고 내 입을 막더니, 빠르게 그런 말을 늘어놓았다.

그렇다. 꺄아~ 하고 외친 사람은 바로 나다.

내가 비명을 지른 것이다.

나는 입을 막고 있는 다크니스의 손을 떼어내면서 외쳤다.

"럭키 색골이니 성희롱범 취급을 당할 수는 없지! 나는 말이야! 이 세상의 남성 불가항력적 럭키 색골 이벤트가 벌어졌을 때, 여성 측에게 화를 낼 권리가 없다고 생각해! 그렇잖아?! 지금도 내가 먼저 욕실에 들어와 있었다고! 만약 성별이 반대였다면 네가 치한 취급을 당했을 거잖아! 그런데 왜 남자가 나쁜 놈 취급을 당해야 하는 건데?! 이 세상은 잘못됐어! 잘못됐다고!"

"아, 알았다! 너는 아무 잘못 없다! 그리고 애초에 너를 비난할 생각도 없었……."

나는 당황한 채 말을 늘어놓으려 하는 다크니스를 더욱 몰아붙였다.

"그리고 말이야! 왜 여성의 증언만으로 치한 범죄가 성립하는 거냐고! 그것 자체가 잘못됐잖아! 내가 너와 같은 전철에 탔고, 네가 내 엉덩이를 만졌다고 쳐! 그 상황에서 내가 성희롱을 당했다고 난리를 피우면, 과연 남들이 들은 척이나 할 것 같아?!"

"잠깐만, 내가 왜 네 엉덩이를……! 그리고 전철은 또 뭐냐?"

나는 말을 하면 할수록 점점 화가 났다.

그렇다. 이 세상은 잘못됐다.

남녀평등을 주장할 거면, 전철 안에서 남성이 여성에게 성희롱을 당했을 때도 피해자의 증언만으로 범죄가 성립되어야 한다!

"내가 총리대신이 된다면 남녀 구분 없이 치한 행위를 했을 때 모두 체포할 거야! 그리고 무고죄는 절대 용서 안 할 거라고. 모든 차량에 감시 카메라를 설치해서, 무고죄를 저지른 녀석은 남녀 구분 없이 엄벌에 처하겠어!"

"그, 그러냐?! 아, 알았다 제발 부탁이니까 좀 진정해라. 아쿠아가 오면 어떻게 할 거냔 말이다! 그리고 나는 네가 무슨 말을 하는 건지 하나도 모르겠다!"

울상을 지은 다크니스가 검지를 자기 입술에 대면서 그렇게 말했지만, 내 알 바 아니라고!

"단, 미인 누님이 그런 범죄를 저질렀을 때는 피해자 측이 신고를 하지 않는 이상 무죄인 걸로 할 거야! 내가 지구로 돌아가면, 이 공약으로 정치권에 진출……!"

……흥분해서 말을 늘어놓던 나는 그제야 다크니스가 어떤 차림인지 깨달았다.

다크니스는 알몸 위에 비키니 같은 수영복을 입고 있었다.

그리고 그 위로 커다란 목욕 수건을 몸에 둘렀으며, 손에는 등을 씻겨줄 때 쓰는 수건을 들고 있었다.

내 시선을 눈치챈 다크니스는 귀까지 새빨개지더니, 수치심으로 가득 찬 표정을 지으며 들릴락 말락 하는 목소리로 이렇게 말했다.

"……네 등을, 씻겨주러 온 거다만…………."

6

어둑어둑한 욕실에 촉촉하게 젖은 소리가 울려 퍼졌다.

"으…… 크……윽!"

"카즈마……."

그 소리는 평소의 평온한 일상과는 전혀 다른 분위기를 자아내고 있었다.

"다, 다크니스……. 다음에는, 이쪽을……."

"아, 알았다……. 하지만 카즈마, 저기……."

아까부터 볼을 붉힌 채 말끝을 흐리는 다크니스 또한, 평소와 다른 일상에 당황한 것 같았다.

"하아하아……. 다크니스, 나, 더, 더는……!"

"카즈마, 나는 이제 무리다. 더는 버틸 수가 없구나……!"

안타까운 목소리로 그렇게 말한 다크니스는 결국—.

"내가 등을 씻겨주고 있을 뿐인데, 너는 왜 그런 소리를 내는 것이냐! 왠지 외설적인 행위를 하고 있는 것 같지 않느냐!"

내 등을 문질러주던 수건을 내 뒤통수를 향해 집어던졌다.

나는 뒤통수에 명중한 수건을 쥐고 그것으로 몸 앞부분을 문질렀다.

"어쩔 수 없잖아. 전에 네가 내 등을 씻겨줬을 때는 꿈인 줄 알아서 느긋하게 즐기지 못했단 말이야."

지금 생각해보니 정말 아쉽네.

언제든 꿀 수 있는 꿈인 줄 알고, 빨리 다음 단계로 넘어가자고 재촉만 했잖아.

"그걸 꿈이라고 생각했다는 것 자체가 무시무시하구나. 즉, 너는 꿈속에서라면 그렇게 당당히 나를 마음대로 할 수 있다는 거냐."

다크니스는 내 등에 물을 뿌려 비누 거품을 씻어내며 그렇게 중얼거렸다.

"당연하잖아. 내 꿈이니까. 꿈속에서라면 아무리 엉큼한 꿈을 꾸더라도 초상권이나 법에 저촉되지 않는다고, 내가 존경하는 여성이 말했어."

"대체 누가 너한테 그런 바보 같은 소리를 한 것이냐!"

다크니스는 분노를 터뜨리고 내 머리에 물을 끼얹었다.

"하아, 전부터 네 교우 관계가 신경 쓰이기는 했지. 네가 존경하는 여성은 대체 누구냐? 너한테 그런 지인이 있다는 이야기는 처음 듣는구나."

"인간으로서의 그릇과 매력을 포함해, 모든 면에서 너보다 뛰어난 상냥한 사람이야."

"남녀가 단둘이서 이러고 있을 때 할 소리는 아니구나!"

그 사람을 다크니스와 비교한다는 것 자체가 주제넘은 짓이다.

내가 방금 말한 그 사람은 바로, 액셀 마을에서 홀로 외로움에 떨고 있는 모험가들에게 하룻밤 동안의 꿈을 선물해주며 마을의 범죄발생률 저하에 공헌하고 있는, 위대한 서큐버스 누님이다.

"그건 그렇고, 왜 느닷없이 이런 서비스를 시작한 거야? 설마 너도 아쿠아처럼 용돈을 받고 싶은 거야? 내가 앞으로도 이런 서비스를 받으려면 한 번에 얼마를 지불해야 하는 건데?"

"사람이 마음을 단단히 먹고 하는 행위를 서비스 따위로 취급하지 마라. 이건 실피나를 구하는 걸 도와준 답례 중 일부다. 메구밍과 아쿠아, 바닐과 위즈, 그리고 모험가들에게는 고맙다는 말을 했지만, 카즈마한테는 제대로 감사 인사를 하지 않았으니까 말이다……."

다크니스는 그렇게 말하더니, 새빨개진 얼굴과 자신의 머리를 식히려는 것처럼 발치의 나무통 안에 있는 물을 자신에게 끼얹었다.

"앗, 차가워! 인마, 물을 뒤집어쓸 거면 좀 떨어진 데서 해! 나는 마조히스트인 너와 다르게, 뜨거운 물도 차가운 물도 싫단 말이야!”

“나라고 때와 장소를 가리지 않고 그런 행위를 하는 건 아니다! 매번 네가 남을 당혹스럽게 하는 발언을 하니까……!”

다크니스는 말을 이으면서 부끄러워하듯 고개를 숙이더니 내 앞쪽으로 이동했다.

“어, 어이, 너, 진심이야? 대체 어느 단계까지 오케이인 거야? 추가요금 같은 거 내지 않아도 되는 거야?”

“너는 그냥 입 다물고 있어라! 하아, 정말! 수건을 단단히 두르고 있거라. 그리고 이건 아쿠아처럼 플래그성 발언을 하는 게 아니다. 몸 앞쪽도 씻겨줄 테니 꼼짝하지 마라!”

다크니스는 내 몸에서 고개를 돌린 채 수건으로 내 상반신을 문질렀다.

“알았어. 나도 너와 꽤 오래 알고 지냈다고. 실은 네가 의외로 즐기고 있다는 걸—.”

“그, 그렇지 않다! 그렇지 않단 말이다! 제발 부탁이니까 입 다물고 가만히 좀 있어라!”

다크니스는 태클을 날리다 지쳤는지 거친 숨을 내쉬면서 내 몸에 물을 끼얹었다.

“하아……. 잔뜩 긴장해서 찾아온 내가 정말 바보 같구나……. 어이, 움직이지 말라고 했지 않느냐! 나한테 네 사타구니를 보여주려고 일부러 그러는 거냐?!”

다크니스가 의미심장한 발언을 입에 담자 나는 불쑥 이렇게 말했다.

“너, 설마 이걸로 끝이라고 생각하는 건 아니겠지? 그런 꼴로 이런 짓까지 했으면서, 한창때인 남녀가 몸만 씻겨주고 끝이라는 거야?”

“읏?! 하, 하지만 너한테는 메구밍이…….”

다크니스는 당혹스러운 표정을 지은 뒤 우물쭈물하며 그렇게 말했다.

“맞아! 나는 요즘 메구밍과 꽤 가까워졌어! 하지만 너는 그냥 두고 볼 거야? 두고 보기만 할 거냐고! 네가 일전에 말했지? 「……아아, 역시 나는 스스로가 생각하는 것 이상으로 너를 좋아하는 것 같구나……」라고 말이야!”

“그, 그런 말을…… 하기는, 했다만…….”

“나는 그 말을 듣고 기뻤어.”

내가 딱 잘라 그렇게 말하자 다크니스는 숨을 삼켰다.

“그, 그럼…….”

“나는 그때, 너한테서 그 말을 듣고 진짜로 기뻤다고. 뭐, 한 번은 너를 거절하긴 했어. 하지만 남자는 정말 성가신 생물이거든. 한 번 거절했다고 여자가 바로 포기한다면, 그건 또 그것대로 슬프단 말이야. 하지만 그건 여자도 마찬가지지?”

다크니스는 마른 침을 삼켰다.

“즈, 즉, 너는, 메구밍이 아니라 나를……?”

“아, 그렇지는 않아. 나는 지조 있는 남자거든. 일단 그런 사이가 된 이상, 손바닥 뒤집듯이 다른 여자한테 가거나 양다리를 걸치지는 않아. 나는 성실한 남자가 되는 게 목표야.”

다크니스는 내 말을 듣고 영문을 모르겠다는 듯이 눈을 치켜떴다.

“아니, 저기, 으음, 너는 메구밍을 선택했지만, 나와 그렇고 그런 관계가 될 수도 있다는 것이냐? 그게 대체…….”

나는 당혹스러운 표정을 짓고 있는 다크니스를 향해 말했다.

“이런 이야기는 너한테 아직 이른 것 같네. 내 말을 정리하자면 말이야. 나는 성실한 남자이고 싶어. 하지만 내가 좋아 죽는 네 마음도 조금은 이해해.”

“딱히 좋아 죽을 정도는 아니다만……. 아, 아무것도 아니에요…….”

나는 괜한 소리를 늘어놓는 다크니스를 시선만으로 조용하게 만들고 말을 이었다.

“그러니까 말이야. 나는 바람을 피우는 건 옳지 않다고 생각하니 저항할 거야. 열심히 저항하지만, 레벨이 차이나는 데다 스테이터스도 밀리는 내가 성욕에 눈이 먼 너를 거부하는 건 무리겠지. 하지만 나는 동료를 아끼고 사랑하거든. 그러니 너한테 무슨 짓을 당하더라도, 결코 너를 싫어하지는…….”

“너너, 너 이 자식! 세간에서 너를 부르는 카레기나 카오물 같은 발언도 과소평가였던 것이냐! 왜 메구밍은 하필이면 이런 남자를……!”

다크니스는 내 말을 끝까지 들어보지도 않고 발끈하면서 그렇게 외쳤다.

"시시, 시끄러워! 너도 이런 남자를 좋아한다고 말했잖아! 그리고 신체 건강한 남자가 이렇게 야한 짓을 당한다면 그 누구라도 저항을 못할 거라고! 오히려 지금까지 선을 넘지 않을 걸 칭찬해줘야 한단 말이다!"

"누가 그딴 걸 칭찬할 것 같으냐?! 정말 바보 같구나! 이제 됐다! 내가 바보였다! 기분이 나빠졌으니 먼저 나가겠다! 너는 혼자서 성욕 처리나 해라!"

귀족 아가씨가 성욕 처리 같은 당치도 않은 말을 입에 담았어!

"어, 이 상황에서 돌아가 버리는 겁니까~? 아직 앞쪽은 다 씻겨주지도 않았잖아요~. 답례니 뭐니 같은 말은 다 헛소리였나 보네요! 평소에 나한테 얼간이라고 그렇게 말했으면서, 실은 네가 얼간이잖아! 뭐? 더스티네스 가문은 굴하지 않아? 그딴 멋진 대사는 이제 읊지 말라고! 알았냐?!"

내가 그렇게 말한 순간, 다크니스의 눈썹이 하늘을 향해 치솟았다.

"좋다. 해주마. 하지만 몸만 씻겨줄 거다! 다른 건 전혀 안 할 거다. 너의 그 한심한 도발에 걸려들 만큼, 나는 물러터진 여자가 아니란 말이다!"

"알았으니까 빨리 씻겨달라고! 각오가 됐다면 말이야! 아쿠아는 지금쯤 술과 비싼 안주를 먹어치우고 곯아떨어졌을 테고, 메구밍은 홍마의 마을에 갔어! 즉, 말릴 사람은 없다고! 예전처럼 절묘한 타이밍에 훼방꾼이 나타날 거라고는 생각도 말라고!"

다크니스는 화가 났는지 거칠게 수건으로 내 몸을 문질러 댔다.

"어이, 아프잖아! 답례면 답례답게 좀 상냥하게 하라고!"

"거 되게 시끄러운 남자구나! 이딴 건 빨리 끝내고 돌아가 주마!"

분노뿐만 아니라 부끄러움 때문에 얼굴이 빨개진 다크니스는 내 몸의 특정부위에서 눈을 떼지 못―.

"너, 그것 좀 어떻게 하지 못하겠느냐?! 솟아오른 수건이 신경 쓰인단 말이다!"

"이건 단순한 마술이야. 아까 개구리를 쓰러뜨렸잖아? 레벨이 오르면서 얻은 포인트로 익힌 스킬이지."

"연회용 장기자랑보다 더 하찮은 그런 스킬이 있을 리가 없다! 진짜 너란 남자는 최악이구나……. 역시 너 같은 녀석은 순진하고 올곧은 메구밍에게 어울리지 않는다. 빨리 헤어져라!"

이 녀석, 무슨 소리를 하는 거야?!

“유감이지만, 메구밍은 나한테 푹 빠졌거든요~?! 누가 너 같은 녀석이 하는 말을 들을 것 같아?! 나는 메구밍에게 어리광을 잔뜩 부릴 거라고!”

“정말 한결 같은 쓰레기구나! ……그래, 좋다. 차라리 처음부터 이럴 걸 그랬구나.”

다크니스는 갑자기 의미심장한 미소를 지었다.

“기정 사실을 만든 다음에 메구밍에게 고자질해주마. 네가 얼마나 쓰레기 같은 녀석이고, 유혹에 약한지 전부 일러바쳐 주겠다. 그러면 메구밍도 너한테 정나미가 떨어지겠지. 서서히 너를 싫어하게 된다면, 메구밍도 상처입지 않을 거다. 그리고 네가 내 유혹을 버텨낸다면 메구밍에게 어울리는 남자로 인정해주마!”

다크니스는 그렇게 말하면서 나를 덮쳤다!

이 녀석, 진짜 악랄하네……!

“나, 나한테는 메구밍이……! 네 뜻대로 되지는 않아! 크윽, 이 손 놔!”

“입으로는 그렇게 떠들고 있지만, 스킬을 안 쓸 뿐만 아니라 저항도 하지 않는구나! 실은 약간 기대하고 있는 거지? 자, 여기서부터는 나도 미지의……!”

흥분에 사로잡인 다크니스가 악역 같은 대사를 입에 담은, 바로 그때였다.

“미지의, 뭐죠?”

그것은 한기가 감도는 듯한 메구밍의 목소리였다.

알몸에 가까운 상태에서 뒤엉켜 있던 나와 다크니스가, 귀에 익은 그 목소리가 들린 쪽을 향해 고개를 돌려보니…….

눈이 새빨개지고 약간 어이없는 표정을 지은 메구밍이 유리문을 활짝 연 채 당당히 서 있었다.

나는 다크니스가 무슨 말을 하기 전에—.

“도와줘! 이 여자가 내가 목욕 중인 욕실에 다짜고짜 들어와서 나를 겁탈하려고 했어!”

“너너너, 너란 녀석은 정말……! 역시 저질 인간 쓰레기구나!”

메구밍을 향해 고함을 질렀다.

제3장 이 스토커 피해자에게 구원을!

1

"바로 그때, 다크니스는 말했어. 「……아아, 역시 나는 스스로가 생각하는 것 이상으로 너를 좋아하는 것 같구나……」라고 말이야."

"꺄야~!"

"그, 그래서? 그래서?! 카즈마 군은 뭐라고 답했는데?!"

"그야 뻔하잖아. 「나한테는 이미 메구밍이 있어. 그러니까 나를 포기해줬으면 해……」라고 말했지."

"꺄아아아아아아!"

"잠까아아아아아안! 너, 메구밍과 그런 사이였어?! 카즈마 군, 혹시 여자한테 인기 많은 거야?!"

실피나의 회복 축하 파티 이후, 한가한 나는 모험가 길드에 놀러가서 알고 지내는 모험가들에게 요즘 내가 얼마나 잘 나가는지 자랑했다.

"뭐, 당연하잖아. 수많은 강적을 해치운 데다, 얼마 전에는 신문에 특집기사도 실렸다고! 자, 이 조간 신문을 읽어봐!"

나는 이야기를 들으러 온 두 여자 모험가에게 들고 있던 신문을 보여준 후 으스댔다.

뭐? 눈에 띄지 않도록 겸허하게 살아?

강적과 싸운 건 사실이니까 남들에게 칭송받아도 되지 않겠냐고.

두 사람은 내 이름이 실린 신문을 보더니 미묘한 표정을 지었다.

"……저기, 이건 왕도에서 발행되는 신문이지?"

"왜 카즈마 군이 그런 신문에 실려 있는 건데?"

꺄아~ 대단해~ 같은 말을 들을 줄 알았는데 저 두 모험가는 갑자기 목소리 톤을 낮추면서 그렇게 말했다.

"왜 갑자기 미묘한 표정을 짓는 건데? 아, 내가 유명인이 돼서 머나먼 존재가 된 것 같은 느낌을 받은 거야? 이 마을을 떠나지는 않을 거니까 걱정하지 마. 우리 사이도 변함이 없을 거라고. 앞으로도 친근하게 카즈마 씨라고 불러……."

"아니, 그런 건 아무래도 상관없거든?"

"응. 진짜로 아무래도 상관없어."

어이쿠, 칼 같은 어조로 제 말을 부정하시는군요.

"그럼 왜 그러는 건데? 신문에 이름이 실린 내가 부러운 거야?"

두 사람은 서로의 얼굴을 쳐다보더니—.

"이름 좀 날리고 싶어 하는 모험가들이 너를 표적으로 삼을지도 몰라."

앞으로 성가실 일이 벌어질 걸 암시하는 발언을 입에 담았다.

"—알고 지내는 모험가에게 그런 소리를 들었는데, 아마 괜찮겠지? 습격을 당하지는 않겠지? 아니, 느닷없이 남을 습격하는 건 범죄잖아? 안 그래?"

내 저택 거실.

그곳에서는 스크랩한 신문을 손에 쥔 다크니스가 부들부들 떨고 있었다.

내가 더스티네스 가문의 권력으로 신문사를 압박한 것 때문에 이러는 것 같았다.

"너너, 너……! 또 우리 가문의 위광을 이용해서 이런 한심한 짓을 한 것이냐……! 어이, 메구밍! 어디 가는 것이냐! 카즈마와 함께 내 설교를 들어라!"

메구밍이 춈스케를 안아들고 재빨리 2층으로 도망치려다 다크니스에게 걸려서 혼쭐이 나는 가운데, 아쿠아는 신문기사를 보더니 내 소매를 잡아당겼다.

"카즈마 씨, 카즈마 씨. 이 신문, 나 줘. 이 부분 좀 봐. 파랑머리 미인 아크 프리스트라고 적혀 있어."

"싫어. 나도 자기 특집기사는 남겨두고 싶단 말이야. 내 소개란에는 최강의 최약체 직업이라고 적혀 있거든? 중2병

스피릿을 자극하는 표현이잖아. 그것보다 다크니스, 괜찮겠지? 이 마을은 치안이 좋잖아. 흉흉한 짓을 꾸미는 모험가가 있으면 경찰 아저씨들이 바로 잡아가겠지?"

메구밍을 잡은 다크니스가 내 말을 듣고 한숨을 내쉬었다.

"모험가간의 결투는 모험가 길드에서 허락하고 있다. 옛날에 너와 남성 마검사가 승부를 한 적이 있지? ……뭐, 저기, 만일의 사태가 벌어지더라도 아쿠아가 있으니까……."

"이 세상 하직하더라도 괜찮다는 거냐?! 인마, 헛소리 말라고!"

이 나라는 쓸데없는 쪽으로는 세세하게 법이 제정되어 있는데, 왜 이렇게 중요한 부분은 대충인 거냐고!

한편, 다크니스에게 멱살을 잡힌 메구밍이 보는 이를 안심시키려는 듯 미소를 머금었다.

"카즈마, 너무 걱정하지는 마세요. 그 어떤 모험가가 저희에게 덤벼들더라도, 제가 격퇴할 테니까요. 그러니까 마음 푹 놓고 자랑해도 돼요."

"메구밍은 이 남자의 어리광을 받아주지 마라! 전부터 생각한 거다만, 요즘 들어 너무 과보호 하는 것 아니냐?! 대체 너희 사이에 무슨 일이 있었던 거지?!"

다크니스가 격앙된 목소리로 그렇게 외치자, 메구밍은 붉게 빛나는 두 눈동자로 그녀를 쳐다보며 입을 열었다.

"무슨 일이 있었냐고요? 그걸 다크니스가 저에게 묻는 건가요?"

"뭐?"

메구밍은 느닷없이 세게 나왔고 다크니스는 약간 움츠러들면서 그녀의 멱살을 놔줬다.

"어디 사는 여자가! 남이 마음에 두고 있는 남자의 입술을!! 잠시 한눈을 판 사이에 핥고 빨았기 때문이라고요!"

"하, 핥고……, 빨아?! 어이, 메구밍! 그렇게 음란한 발언을 입에 담지 마라……!"

다크니스가 당황한 어조로 그렇게 말하며 뒷걸음질 치자, 메구밍은 그런 그녀를 올려다보고 말을 이었다.

"세상 물정 모르는 아가씨니까 마음을 정리할 기회를 주자고 생각했더니……! 고백만으로는 만족 못한 건지, 어젯밤에는 음란하기 그지없는 몸으로 저의 남자를 유혹했죠!!"

"따따, 딱히 유혹한 적은 없다……! 어이, 카즈마! 너도 뭐라고 말 좀 해봐라!"

그것보다, 방금 그 『저의 남자를』이라는 말이 한 번 더 듣고 싶네.

어느새 나는 동료 이상 연인 미만의 관계에서 메구밍의 남자로 랭크업한 것 같았다.

한편, 둘의 치정싸움을 지켜보고 있던 아쿠아가 갑자기 테이블을 내려쳤다.

"카즈마 씨는 변했네. 너는 이제 나한테 의지하던 동정 백수가 아니잖아! 너 대체 어느새 하렘 주인공으로 전락한 건데?!"

동정 백수에서 하렘 주인공으로 변한 것은 전락이 아니라 출세인 것 같은데…….

"아쿠아, 내 말 잘 들어. 남녀 사이에 우정 같은 건 존재하지 않아. 설령 우정이 생겨나더라도, 이윽고 서로를 이성으로 의식하게 되고 마는 거지. 힘세고 믿음직하며 경제적으로도 여유가 있는 데다, 장래성도 넘치는 나 같은 녀석이 주위에 있으면 어떻게 될 것 같아? 이렇게 되고 말 거라는 건 애초부터 알고 있었다고."

나는 천천히 소파에 걸터앉은 후, 메구밍의 품에서 빠져나와 내 곁으로 온 촘스케의 등을 여유 넘치는 손길로 쓰다듬어줬다.

"얘가 또 이상한 소리를 늘어놓네. 그리고 나도 꽤 오랫동안 카즈마 씨와 함께 다녔지만, 불가사의하게도 그런 마음이 전혀 들지 않아."

"이런 우연도 다 있네. 실은 나도 그래. 너 말고 다른 애들 상대로는 가슴이 두근거릴 때도 있는데 말이지."

…………

나와 아쿠아는 남을 위협하는 포즈를 취한 채 서서히 서로에게 접근했다.

"그리고 다크니스가 요즘 들어 저택 안에서 입는 옷도 문제예요! 마치 몸 파는 여자처럼 얇은 옷만 입잖아요! 그렇게 카즈마에게 속살을 보여주고 싶은 건가요? 보여주고 싶은 거죠? 목욕 직후에도 딱히 이유도 없이 카즈마 근처를 어슬렁거리잖아요!"

내 옆에서는 선정적인 잠옷을 입은 다크니스가 메구밍에게 추궁을 당하고 있었다.

그러고 보니 요즘 들어 다크니스는 꽤 도발적인 옷차림으로 내 주위를 어슬렁거렸다.

"그그그, 그런 적 없다……! 이건, 그러니까, 더워서……!"

"곧 있으면 겨울이 되거든요?!"

그러고 보니 다크니스는 일전에 나를 포기한다는 소리를 해놓고 마지막에 키스를 했었다. 그리고 어젯밤 일 같은 걸 생각해보면, 어쩌면 이 녀석 나름대로 나를 유혹하고 있는 걸지도 모른다.

"게다가 얼마든지 보라는 것처럼 이딴 걸 과시하고 다니잖아요! 카즈마는 의지가 약한 사람이니까, 몰래 유혹하지 좀 말아줄래요?!"

"따, 딱히 유혹하려는 건……! 아야야야얏! 메구밍, 그런 곳을 세게 움켜쥐지 마라! 잠옷이 말려 올라간단 말이다!"

…………

"빈틈 발견~!"

"커억!"

내가 무심코 다크니스에게 정신이 팔린 순간, 아쿠아가

저공 드롭킥을 나에게 날렸다.

아쿠아의 공격이 하복부에 꽂히자 나는 그대로 무너지듯 몸을 웅크렸다.

"하렘 백수를 토벌했도다~!"

이 녀석, 확 죽여 버리겠어!

내가 너무 아파서 말도 못하고 있을 때, 몸을 웅크린 내 옆에 있던 쵸스케가 고개를 들었다.

그리고 지그시— 창문 밖을 쳐다보고 꼼짝도 하지 않았다.

"이 애는 대체 왜 이러는 걸까? 밖에 나가고 싶은 거면 평소처럼 창틀을 긁어대면서 빨리 열라고 할 텐데, 꼼짝도 안 하네."

"아야야……. 보이면 안 되는 게 보이는 게 아닐까? 고스트가 있다던가 말이야."

고통이 약간 가신 덕분에 내가 겨우 몸을 일으켰을 때, 아쿠아는 창가로 걸어가더니 밖을 쳐다보고 고함을 질렀다.

"앗~! 마을에 떠돌이 고스트가 우글거리고 있잖아! 공동묘지에 있는 녀석들은 정기적으로 퇴치하는데, 왜 마을에 고스트가 있는 건데?!"

아쿠아가 그렇게 말해서 나뿐만 아니라 메구밍과 다크니스까지 그녀를 쳐다보았다.

"……저기, 유령이 관련된 일이 터지면 전부 내 탓인 걸로 여기지 말아줄래? 이번 일은 나와 전혀 상관없어! 저 고스트는 야생 고스트가 아니라 소환된 애들 같단 말이야!"

……고스트를 소환해?

그런 게 가능한 이는 희귀 상급 직업인 네크로맨서 혹은 언데드의 왕인 리치뿐이다.

현재 이 마을에는 네크로맨서가 없다.

그렇다면—.

아쿠아는 나와 시선이 마주치자 알았다는 듯 고개를 끄덕였다.

"가게에 놀러 가면 차와 과자를 내줘서 지금까지 눈감아줬던 건데, 드디어 리치의 본성을 드러낸 것 같네! 오늘은 목욕 마치고 잠옷으로 갈아입어서 외출하고 싶지 않으니까, 내일 아침에 쳐들어가서 혼쭐을 내주겠어!"

지금 가…….

2

다음 날 아침.

요즘 들어 생선을 먹고 싶다고 성화인 아쿠아 때문에 호수에 가서 폭렬마법을 날리는 것을 일과로 삼고 있던 메구밍은, 다크니스를 어부바 담당으로 삼아서 이른 아침에 외출했다.

아무래도 호수에 폭렬마법을 날리는 데 질린 것 같았다.

그리고 나는 아쿠아와 함께 위즈의 가게로 향했다.

"이리 오너라!"

텐션이 하늘을 찌를 듯한 아쿠아가 힘차게 문을 열어젖히더니, 마치 시비라도 걸러 온 듯한 기세로 가게 안에 들어갔다.

"……아침부터 시끄럽구나, 이 아웃사이더 여자야. 무슨 일로 이 가게에 온 것이냐? 나는 지금 바쁘니까, 변변찮은 이유라면 나중에 다시 와라."

아쿠아가 가게 안으로 들어가 보니 안에는 바닐이 있었다.

"고스트 관리 소홀로 위즈를 꾸짖으러 온 건데, 그 애는 어디 간 거야? 그리고 그 아웃사이더 여자라는 건 어떤 의미야? 고고하고 고결한 아쿠아 님이라는 의미라면, 네 잔기가 바닥나서 다시 태어나게 되었을 때 악마가 아니라 짚신벌레로 태어나게 해달라고 기도해줄게."

"아웃사이더 여자란, 툭하면 여자한테 쉽게 반하는 하렘 꼬맹이한테도 파티 멤버 중에서 유일하게 여자 취급을 못 받는 아웃사이더 여자라는 의미다. ……이, 이익, 이 몸을 공격하는 거라면 얼마든지 받아주겠다만, 가게 상품을 물로 바꾸지는 말아라!"

두 사람은 바로 다투기 시작했지만 어찌된 영문인지 위즈의 모습이 보이지 않았다.

"저기, 바닐. 위즈는 대체 어디 간 거야? 실은 위즈한테 볼일이 있어서 온 거야."

"그 방탕 점주라면 어제 저녁에 외출한 후로 돌아오지 않았다. 그 녀석은 지금까지 이성과는 딱히 인연이 없었지. 그러니 남자와 밤을 보내고 아침에 돌아오는 거라면 잘된 일일지도 모르겠군."

이 자리에 없는데도 중상모략을 당하고 있는 위즈를 내가 동정하고 있을 때, 갑자기 가게 바닥이 빛나기 시작했다.

무슨 일인가 싶어 쳐다보니 그곳에는 마법진이 떠올라 있었다.

이윽고 빛과 함께 모습을 드러낸 이는—.

"바닐 씨, 도와주세요!"

바로 위즈였다.

텔레포트로 이곳에 온 것 같았다.

"『턴 언데드』~!"

"꺄아아아아아아아아아아~!"

아쿠아가 느닷없이 날린 정화 마법을 맞은 위즈가 비명을 질렀고 그녀의 몸이 흐릿해졌다.

"인마, 느닷없이 뭐하는 거야?! 위즈가 이 세상을 하직할 뻔 했잖아!"

"진정해, 호들갑 백수. 방금 그건 일용직 고스트를 방치해 둔 위즈를 벌주기 위해 날린 칼등치기 마법이야."

마법에 칼등치기 같은 게 어디 있어…….

"이 엉덩이 가벼운 점주야, 대체 어디를 싸돌아다니다 이제야 돌아온 것이냐. 오늘은 아침 일찍부터 물건이 들어온다고 내가 말했지 않느냐!"

"맞아, 맞아! 너, 평소에 남자와 인연 없는 노처녀예요~ 같은 척을 다 했으면서 아침 귀가를 해?! 너는 사람이 좋으니까 나쁜 남자한테 속고 있는 게 틀림없어! 구체적으로 말하자면 카즈마 씨 같은 사람한테 말이야!"

이 녀석은 때때로 따끔한 맛을 보여주지 않으면 이렇게 기어오른다니깐.

아쿠아에게 어떤 벌을 줄지 고민하고 있을 때 위즈가 허둥지둥 두 손을 치켜들었다.

"두, 두 사람 다 진정하세요! 갑자기 정화당할 뻔한 걸로 모자라, 왜 이런 소리까지 들어야 하는 거죠?!"

위즈가 아쿠아와 바닐에게 휘둘리며 울상을 짓고 있는 가운데, 나는 질문을 던졌다.

"아, 저 둘은 그냥 무시해도 돼. 그것보다 엄청 허둥대는 것 같은데, 대체 무슨 일이야?"

아쿠아가 자기 입으로 칼등치기라고 말한 것처럼 방금 마법은 어느 정도 위력이 조절됐던 건지, 위즈는 몸이 약간 흐릿해지기는 했지만 멀쩡해보였다.

그런 위즈가 자신의 몸을 지키려는 듯이 두 손으로 꼭 감싸면서—.

"스토커가 나타났어요!"

그런 소리를 입에 담았다.

"—자, 따뜻한 차라도 마시면서 진정해. 무서운 일을 당했을 때는 몸을 따뜻하게 해주는 게 좋아."

"고, 고마워요, 아쿠아 님……. 하지만 이 차를 마셨더니 몸이 저린데요……."

흐릿해진 위즈가 차를 홀짝이며 한숨 돌렸다.

"그런데 대체 무슨 일이 있었던 거야? 진짜로 스토커가 나타난 거야?"

나는 가게 안에 있는 의자에 앉아서 좀 진정된 위즈에게 질문을 던졌다.

"그래요! 어제 저녁에 있었던 일이에요……."

—반찬 가게에서는 저녁때가 되면 채소 귀퉁이를 버린다.

그 가게에서 버리는 채소를 얻은 위즈가 가게로 돌아가던 길에 일어났던 일이다.

뒷골목에 있는 이 가게 주위는 당연히 인적이 드물다.

그런 골목에서 후드를 깊게 눌러쓴 사람이 위즈를 막아섰다고 했다.

"시꺼먼 로브를 걸친 그 사람은 후드를 눌러쓴 채 이렇게 말했어요. 「내 이름은 듀크. 너를 만나기 위해 머나먼 곳에서 왔다……. 몇 년 동안 너에 대해 조사했고, 네 생각만 계속 해왔지」라고요……."

어이쿠, 이건 진짜배기 같네요.

내 옆에 있는 아쿠아조차 인상을 쓸 정도니까 말이야.

"그리고 그 사람은 이렇게 말했어요. 「나는 우직하게 단련을 해왔다. 그 이유는 짐작이 될 거다」라고……. 저는 당연히 모른다고 대답했어요. 그랬더니……!"

위즈는 정말 무서운 일을 겪은 건지 잠시 뜸을 들인 후—.

"그 사람이 「그야 물론 너를 덮치기 위해서지!」라고 외치면서 로브를 벗어던지려던 순간, 저는 그대로 도망쳤어요……. 그리고 가게로 돌아가는 게 무서운 나머지, 고스트를 불러내서 그 스토커의 동향을 살폈는데……."

예상보다 훨씬 어엿한 스토커였다.

해질녘 뒷골목에서라고 해도, 설마 이 마을에서 범죄를 저지르려고 하다니…….

"아하, 그래서 고스트가 마을을 어슬렁거린 거구나. 어쩔 수 없네. 불러낸 고스트들은 나중에 전부 원래 있던 곳으로 보내줄 거지?"

"애완동물도 아니니까, 네가 전부 승천시키라고. 그건 그렇고, 그 스토커가 가게 주위에 계속 있었기 때문에 지금까지 돌아오지 못한 거야?"

위즈는 내 말을 듣더니 고개를 저었다.

"아뇨. 그건 모르겠어요. 고스트를 마을 안에 풀어놨지만, 연락을 취하지는 못했거든요……. 게다가 수많은 고스트가 그 분에게 정화되고 만 것 같아요……."

고스트를 정화할 수 있는 진짜배기 스토커…….

"범인은 아쿠시즈 교도겠네."

"음, 이 몸의 내다보는 힘을 사용할 필요도 없겠군."

"잠깐만 있어봐. 우리 애들한테 누명을 씌우지 마!"

나와 바닐의 추측에 아쿠아가 불만을 드러내는 가운데, 위즈는 우물쭈물 입을 열었다.

"저기……. 그러니까, 대책을 좀 세워주시지 않겠어요……?"

그렇다. 지금은 위즈 걱정을 할 때다.

"아무튼, 검은색 로브를 걸친 스토커가 지금 어디에 있는지 모른다는 거지? 너, 평소에 그렇게 잘난 척 했으면 이럴 때야말로 실력 발휘 좀 해보란 말이야."

"네 녀석이 그딴 소리를 하기 전부터 내다보는 힘을 쓰고 있지만, 어디에 있는지는 보이지 않는군. 그 자는 평범한 변태가 아닐지도 모르겠는걸. 이 몸의 내다보는 힘을 차단할 수 있는 강자일 가능성도 있다."

강자에 변태라니, 위험 레벨이 점점 올라가고 있었다.

"노처녀 점주여, 발상의 전환을 해보는 것은 어떠냐? 그대를 이렇게 생각해주는 괴짜는 흔치 않지. 상대의 스펙 여하에 따라 타협을 하는 것도 나쁘지 않을 것 같은데 말이야."

"시, 싫어요. 초면에 바로 저를 덮치려고 드는 상대와 맺어지고 싶지는 않다고요! 그리고 노처녀 점주라고도 부르지 마세요!"

나는 바닐의 태도를 보면서 기묘한 데자뷔를 느꼈다.

그렇다. 나도 예전에 다크니스를 결혼 퇴직시키려고 비슷한 태도를 취한 적이 있다.

바로 그때였다.

"위즈 씨, 계십니까? 우편입니다~."

"아, 들어오세요!"

가게 문이 열리더니 우편배달부가 위즈에게 편지를 건넸다.

이 상황에서 온 편지를 보고 나는 왠지 불길한 예감이 몰려왔다.

아니나 다를까, 편지를 확인한 위즈의 표정이 점점 어두워졌다.

"스토커한테서 온 편지 같군. 그것을 통해 내다본다면 상대방의 거처를 알 수 있을지도 모른다. 조사를 해본 후, 이 몸이 그 녀석을 습격해줄까?"

일단은 동거인을 걱정하는 건지 바닐이 협력적인 태도를

취하는 가운데—.

"바닐 씨, 고마워요. 하지만 이 일은 제가 결판을 내겠어요. 이 편지에는 내일 마을 외곽의 황야에서 기다리겠다고 적혀 있어요."

위즈는 편지를 움켜쥐더니 결의에 찬 표정을 지었다. 그리고—.

"저……. 타인에게 이 정도로 호의를 받아보는 건 처음이지만, 그래도 이 호의에는 진지하게 답해야 한다고 생각해요!"

—라고, 딱 잘라 말했다.

"뭐, 그래서 내일 위즈가 직접 결판을 내기로 했어."

그날 밤.

나는 저택 거실에서 저녁 식사를 하며 오늘 있었던 일을 이야기했다.

메구밍과 다크니스는 내 이야기를 듣더니 약간 미묘한 표정을 지었다.

"스토커인가요. 실은 제 자칭 라이벌한테도 그런 기질이 좀 있어요. 그래서 장래가 걱정된다니까요……. 아무튼, 그런 사람들은 궁지에 몰리면 자포자기하기 마련이에요. 뚜껑이 열리면 진짜 무시무시하죠."

융융에 관해 이야기하는 것 같네.

"하지만 하필이면 이 평화로운 마을에 그런 변태가 나타날 줄이야……. 선량한 시민에게 폐를 끼치는 괘씸한 놈들, 부끄러운 줄 알아라!"

접시 위의 고기를 세심하게 썰면서 다크니스가 격앙된 어조로 그런 말을—.

"……네 입에서 변태를 향한 비난 발언이 나온 게 놀랍네."

"뭐, 뭐어?!"

한편, 가장 먼저 식사를 마치고 무릎 위에 있는 젤 킹에게 먹이를 주던 아쿠아가 불쑥 입을 열었다.

"그러고 보니 위즈는 결판을 낸다고 했는데, 평화에 찌든 그 애가 대체 어떻게 이 일을 수습할 생각인 걸까? 혹시 고백을 받아주려는 거 아냐? 요즘 들어 메구밍과 다크니스도 사랑에 눈이 먼 데다, 그 애까지 애인이 생겨버리면 나와 놀아줄 사람이 줄어서 싫은데."

"아쿠아, 저는 딱히 사랑에 눈이 멀지 않았어요! 한밤중에 남자를 덮칠 뿐만 아니라, 음란한 복장을 하고 다니며 시시콜콜 추파를 던져대는 다크니스와 다르게, 아직 키스도 해본 적이 없는 순결한 몸이라고요!"

"뭐어……!"

순결하지 못한 다크니스가 울상을 짓는 가운데, 나는 문득 이런 생각을 했다.

위즈는 사람 좋고 착한 여성이다.

상대가 세게 나오면 딱 잘라 거절하지 못할 것이며, 하다못해 친구부터 시작하자는 말을 들으면 그대로 오케이할지도 모른다.

솔직히 말해, 친구가 되어주겠다고 꼬드기면 무턱대고 따라갈 것 같은 융융에게 버금갈 정도로 허술하다.

이대로 위즈를 혼자 보내도 될까?

요즘 이성들한테 인기 좋은 나에게 호의를 가지고 있는 위즈라면 언젠가 내 하렘에 들어올지도 모른다.

……아냐!

무슨 소리를 하는 거야, 사토 카즈마! 하렘을 만들어서 어쩔 건데! 너는 이미 다크니스를 찼다고!

하지만 그건 그것이고, 이건 이것이다.

사이가 좋은 여자 사람 친구인 위즈가, 어디서 굴러먹던 말 뼈다귀인지도 모르는 녀석에게 넘어가는 걸 두고 볼 수는 없다.

그렇다면—!

"저기, 카즈마 씨. 왜 갑자기 음흉한 표정을 짓는 거야?"

"친구를 지키려 하는 사나이다운 표정이라고 말해줘."

3

다음 날 아침.

가게 앞을 감시하던 나는 위즈의 복장을 보고 눈을 치켜떴다.

오늘 위즈는 차분한 어른 여성 스타일의 복장을 하고 있었다.

지금까지 촌스러운 로브나 앞치마 차림의 위즈만 봐서 그런지, 혹은 내 주위에는 풋내 나는 여자애밖에 없어서 그런지, 정말 신선한 느낌이었다.

"어이, 카즈마. 지금은 침이나 질질 흘릴 때가 아니지 않느냐. 빨리 잠복 스킬을 써다오."

다크니스의 말을 듣고서야 정신을 차린 나는 허둥지둥 스킬을 사용했다.

기척을 감춘 우리는 마을 밖으로 향하는 위즈의 뒤를 몰래 쫓아갔다.

"저기, 카즈마. 나 왠지 스토커가 된 기분이 들어. 위즈의 문제가 해결되더라도, 이러다간 우리가 제2, 제3의 스토커가 되지 않을까?"

"어이, 당치도 않은 소리 하지 마. 이건 스토킹이 아냐. 친구가 위험에 처하지 않는지 멀찍이서 지켜보려는 것뿐이야."

"그런 걸 스토킹이라고 말하는 거라고요."

나는 아쿠아와 메구밍의 태클에 답하지 않으며 계속 추적을 했다.

이윽고 위즈가 마을 밖으로 나가자, 그곳에 펼쳐진 넓은 황야의 한가운데에 누군가가 있었다.

그 녀석의 주위에는 모습을 감춰줄 장애물이 없었다.

더 접근했다간 위즈와 스토커에게 들키고 말 것이다.

하지만 이렇게 떨어진 곳에서는 저 두 사람의 대화가 들리지 않는다.

나는 천리안 스킬과 독순술 스킬을 발동시켜서 둘의 대화를 파악하기로 했다.

『편지를 읽었나 보군. 이렇게 와줘서 고맙다.』

『……그런 말을 들은 이상, 만나자는 연락에 응할 수밖에 없으니까요…….』

좋아. 이 거리에서도 저 두 사람의 대화를 파악할 수 있을 것 같아.

『오래 걸렸어……. 너를 수소문한 끝에 이 마을에서 마도구점을 경영하고 있다는 이야기를 들었을 때는 귀를 의심했지. 하지만 이렇게 만났으니 됐다. 머나먼 곳에서 오랜 시간을 들인 끝에 겨우 여기까지 온 보람이 있군.』

『그, 그렇게 먼 곳에서, 저를 만나기 위해 오신 건가요…….』

후드를 쓴 남자가 무게감 있는 목소리로 그렇게 말하자 위즈는 표정을 굳히면서 그렇게 대꾸했다.

내가 두 사람의 대화에 집중하고 있을 때 누군가가 내 옷을 잡아당겼다.

"카즈마 씨, 카즈마 씨. 혼자서만 훔쳐듣지 말고 우리한테도 알려줘. 저 두 사람은 무슨 이야기를 나누고 있는 거야?"

"독순술 스킬로 파악하고 있는 거니 내 의역이 좀 섞이는데……. 아무래도 저 남자는 위즈에게 고백을 하러 엄청 먼 곳에서 찾아온 것 같아."

""""어?!""""

세 사람이 놀라움을 금치 못하는 사이, 나는 또 스킬을 발동시켰다.

『이곳으로 부른 이유는 이미 알고 있겠지? 저번에 만났을 때도 말했다시피……. 나는, 너만을 생각하며, 일편단심으로 이 몸을 단련해왔다!』

『느, 느닷없이 그런 소리 하지 말아 주시겠어요?! 그리고 저는 이런 일은 처음이라 뭐라고 대답하면 좋을지 감이 오지 않아요. 게다가 벌건 대낮에 마을 안에서 느닷없이 그런 행위를 하려고 드는 건 옳지 않다고 생각해요!』

느닷없이 상대방에게 열렬한 어필을 받은 위즈가 당황한 것처럼 얼굴을 붉혔다.

"어이, 카즈마. 위즈의 얼굴이 빨개진 것 같은데, 대체 무슨 소리를 들은 것이냐?"

"「너만을 생각하며, 너를 위해 최선을 다해왔다」 같은 소리를 하면서 자신이 강하다는 걸 어필하고 있어. 강한 남자는 이성에게 인기가 많다고 착각하고 있는 것 같네."

"거의 초면이나 다름없는데, 정말 정열적이구나!"

다크니스가 흥분하며 얼굴을 붉힌 가운데, 그 남자 또한 감정이 고조됐는지 이렇게 떨어진 거리에서도 희미하게 들릴 만큼 큰 목소리로 말했다.

『지금 생각해보니 마을 안에서의 그 행동은 좀 성급했던 것 같군. 인적이 드문 뒷골목을 고르기는 했지만…….』

『인적이 드문 곳에서도 그런 짓을 하면 안 돼요! 그런 건 시간을 들이면서 서로를 이해한 후에 말이죠…….』

맙소사. 저 녀석은 평범한 변태가 아냐. 그야말로 사나이 중의 사나이야.

다크니스와 메구밍에게 휘둘리고 있는 나와는 하늘과 땅만큼 차이가 나…….

하지만, 저렇게는 되고 싶지 않네.

『……그래. 나만 일방적으로 너에 대해 알고 있는 건 비겁하지. 그럼 나도 자신에 대해 이야기를 할 필요가 있겠는걸…….』

『그, 그래요. 저는 아직 당신에 대해 아무것도 알지 못한단 말이에요…….』

로브를 걸친 남자는 뭔가를 고민하더니 깊이 눌러쓰고 있던 후드를 벗었다.

후드를 벗은 그는 여성으로 오해받아도 이상하지 않을 만큼 중성적인 외모를 지닌 미남이었다.

위즈도 상대가 이런 미남일 거라고는 생각도 못한 건지 얼굴을 약간 붉혔다.

『내 이름은 듀크. 특기 상급 마법은 불꽃 계통이다. 빙결

계통의 마법이 특기인 너와는 정반대지.』

『저, 저희의 상성이 나쁘다는 걸 숨기지 않는 거군요. 그런 성실한 면은 남에게 호감으로 작용하겠지만…… 그래도, 그런 부분까지 조사한 건가요…….』

위즈는 상대방의 스토커 발언을 듣고 살짝 질린 것 같았다.

하지만 듀크는 그걸 자랑스러워하듯 웃음을 터뜨렸다.

『당연하지! 네가 아직 인간이었던 시절, 얼음 마녀라 불렸다는 것도 알고 있다!』

『자, 잠깐만요! 제가 인간이 아니라는 걸 알고 있나요?!』

듀크가 뜻밖의 말을 하자, 위즈뿐만 아니라 두 사람을 몰래 살피고 있던 나까지 화들짝 놀랐다.

"카즈마! 왜 아까부터 입다물고 있는 거야?! 위즈가 깜짝 놀란 것 같은데, 대체 무슨 말을 들은 건데?!"

조바심이 난 아쿠아가 나를 마구 흔들어댔다.

"저 녀석은 위즈가 리치라는 것과 특기 마법까지 알고 있어. 조사력이 정말 엄청나네. 그 정도로 진심이라는 거겠지."

"저 자는 단순한 스토커가 아닌 건가……! 범상치 않은 변태구나!"

"그냥 위즈를 피난시킨 후에 폭렬마법으로 해치워버리는 편이 이 세상을 위해서도 좋을 것 같다는 생각마저 들어요!"

우리가 경악한 동안에도 듀크는 여전히 열변을 토하고 있었다.

『너에 대한 거라면 뭐든 다 알고 있다! 이 세상에서 그 누구보다 너를 이해하고 있는 사람이 바로 나라고 해도 과언이 아니지! 자, 그럼 이제 나에 대해서 가르쳐주지! 똑똑히 잘 들어라!』

『자자자, 잠깐만요! 마, 마음의 준비를 할 시간을 주세요! 그, 그러니까 당신은 제가 언데드라는 걸 알면서도 무섭지 않을 뿐만 아니라, 이렇게 찾아온 건가요?』

듀크의 격렬한 공세에 직면한 위즈는 당황한 채 뒷걸음질 쳤다.

『나를 우롱하는 것이냐?! 리치 따위는 하나도 무섭지 않다!』

『마, 맙소사……! 그, 그게 정말이라면…….』

맙소사. 저 녀석, 절묘한 타이밍에 자신의 남자다움을 과시했잖아!

"어이, 큰일 났어! 위즈가 흔들리기 시작한 것 같아! 저 자식, 네가 언데드라도 상관없다 같은 소리까지 했어! 리치라도 무섭지 않대!"

다크니스는 그 말을 듣더니 몸을 부들부들 떨었다.

"위즈가 기피의 대상인 언데드의 왕이라도 상관없다고 말한 것이냐……! 이것이야말로 진실한 사랑! 카, 카즈마, 어떻게 하지?! 나도 저 남자를 응원하고 싶어졌다……!"

같은 변태라 끌리는 건지 다크니스는 저 남자에게 공감하기 시작했다.

"바보 같은 소리 하지 마! 언데드라도 괜찮아?! 그건 신에게 시비를 거는 거나 다름없는 모욕적인 발언이야! 위즈는 몸이 차가워서 여름에 안고 자면 딱 좋겠지만, 그래도 저 애는 움직이는 시체야! 혹시 시체애호가인 거 아냐?! 진짜 엄청난 변태네!"

"화, 확실히 움직이는 시체라는 표현은 맞지만……. 그래도 아쿠아. 본인 앞에서 그 말은 하지 마세요. 위즈가 울음을 터뜨릴 거예요……."

내 동료들이 시끌벅적하게 떠드는 가운데, 나는 손에 땀을 쥔 채 위즈와 듀크를 계속 살폈다.

『자, 이제 됐지? 얼음의 마녀여, 나와 승부를 해줘야겠다!』

『예엣?! 왜, 왜 그런 소리를 하는 거죠?!』

응?

『왜냐고? 뻔하지 않느냐! 너에게 내 실력을 보여줘서, 지금 하는 일을 관두게 하기 위해서다!』

『예에에에엣?!』

맙소사.

"저기, 카즈마! 빨리 알려줘! 재가 뭐라고 말한 거야? 응? 뭐라고 말한 건데!"

아쿠아가 나를 마구 흔들어대며 독촉해서 나는 심각한 목소리로 말해줬다.

"저 자식, 위즈에게 도전했어. 그리고 자기가 이기면 지금

하는 일을 관두라네."

다크니스는 내 말을 듣더니 더욱 충격을 받은 반응을 보였다.

"위즈의 일이라면 하나는 마도구점의 점주. 그리고……. 예전에는 부동산 업자한테서 언데드 퇴치의 의뢰를 받거나, 정기적으로 공동묘지에 가서 고스트들을 승천시키는 일을 했었지!"

"좋아하는 사람이 위험한 일을 하지 않기를 바라는 거군요! 하지만 지금은 아쿠아가 묘지 관리 일을 대신 맡아서 한다는 건 모르나 보네요. 하지만, 방금 그 말은……."

그렇다. 방금 한 말을 의역한다면—.

『저저, 저보고, 집에 들어앉으라는 건가요……?!』

그렇게 해석할 수 있으리라.

너는 내가 지켜줄 테니까, 위험한 일은 하지 말고 자신과 가정을 꾸리자는 소리다.

그야말로 열정적인 고백이다.

저 녀석은 진짜 사나이인 걸까.

일시적인 감정에 따라 훼방을 놓자고 생각한 나 자신이 부끄러웠다.

『네 일은 내가 이어받겠다! 그럼 간다! 이…….』

듀크는 뭐라고 외치면서 자신의 망토를 움켜쥐었다.

그리고 그것을 벗어던지려던 순간, 얼굴이 새빨개져 있던 위즈가 마법을 영창하기 시작했다.

"『텔레포트』—!!"

정열적이기 그지없는 프러포즈를 본 우리가 망연자실한 표정으로 딱딱하게 굳어있는 가운데…….

연애 미경험자에게는 너무 허들이 높았던 것인지, 더는 견디다 못한 위즈가 텔레포트로 도망쳤다.

4

"오늘도 위즈는 돌아오지 않았어. 놀러갈 곳이 줄어서 심심하네."

위즈가 행방을 감추고 사흘이 흘렀다.

예의 그 남자가 여전히 마을 안에서 목격되는 걸 보면 위즈를 포기할 생각이 없는 것 같았다.

"연애 미경험자에게 있어, 갑작스러운 프러포즈는 허들이 높은 것 같네. 연애라는 건 심오하고 어렵거든. 나처럼 잘나가는 남자도 아직 완전히 터득하지 못했다고."

"너, 요즘 이성한테 인기 있다고 너무 잘난 척 하는 거 아냐? 숫총각 백수 주제에 말이야."

아쿠아가 그런 건방진 소리를 했지만, 리얼충으로 직업 체인지를 한 나는 그런 말을 들어봤자 전혀 열 받지 않았다.

"오늘 저녁은 밖에서 먹을 거니까, 내 몫은 안 만들어도 돼. 아마 외박도 할 거야."

"너 때때로 이렇게 외박을 하던데, 대체 어디 가는 거야? 술 마시러 가는 거면 나도 데려가라구."

내가 옷을 갈아입고 현관 앞에 서자, 아쿠아가 기대에 찬 눈길로 나를 쳐다보며 그렇게 말했다.

"남자들끼리 술자리를 가지는 거니까 데려갈 수 없어. 용돈 줄 테니까 이걸로 술을 사서 딴 애들과 마셔."

"카즈마 씨, 멋져! 집은 내가 잘 지키고 있을게!"

아쿠아는 내가 용돈을 주자 뛸 듯이 기뻐했다.

술을 마시러 가는 것은 사실이지만 오늘은 다른 볼일이 있다.

이 녀석이 따라온다면 원래 목적인 그 볼일을 수행할 수가 없다.

뭐, 그 목적이란 바로 그렇고 그런 거다.

아무리 메구밍과 가까워지더라도 그것만은 관둘 수 없다.

아니, 여차할 때 실수하지 않도록 미리 준비해두는 게 신사의 매너다.

나는 아쿠아에게 배웅을 받으면서 해질녘의 번화가로 향했다.

"—어이, 카즈마. 왜 그래? 아까부터 저 녀석을 계속 쳐다보던데, 혹시 아는 사이야?"

단골집은 아니지만 때때로 들리는 선술집에서, 금발 양아치 모험가인 더스트가 나에게 그런 질문을 던졌다.

"그게, 아는 사이는 아닌데……."

평소 외박을 할 때는 서큐버스 누님들이 활동하는 심야가 될 때까지 이런 가게에서 동성 친구들과 시간을 보내고는 했다.

하지만—.

"어이, 미남 형씨~. 못 보던 얼굴이네. 나는 더스트라고 해. 이 마을에서 꽤 알려져 있는 사람이지."

"……갑자기 뭐하는 거지? 나한테 볼일이라도 있나?"

내 지인이 아니라는 걸 안 양아치가 후드를 쓴 그 남자에게 시비를 걸었다.

"내가 이름을 밝혔으니, 너도 이름을 밝히라고. 예의라는 게 뭔지 모르는 거냐? 아앙?"

"…………내 이름은 듀크다. 그럼 다시 묻겠는데, 무슨 볼일이지?"

그는 바로, 위즈에게 프러포즈를 했던 남자였다.

나는 더스트를 말릴까 했지만 저 듀크라는 남자는 상급 마법을 쓸 수 있다고 말했다.

그렇다면 고레벨 모험가이기도 하니 내 도움은 필요 없으리라.

이 양아치가 따끔한 맛을 보게 되는 건 자업자득일 테고 말이다.

"너, 못 보던 얼굴인데 신출내기 모험가냐? 아까도 말했다시피, 나는 이 마을에서 꽤 알려져 있는 편이거든. 술 한 잔 사주고 나한테 잘 보여 두면 나중에 꽤 도움이 될 걸?"

"호오, 나를 뜯어먹으려는 거냐? ……확실히 이런 마을에 오기를 잘한 것 같군. 이렇게 재미있는 경험은 흔히 할 수 있는 게 아니니까."

듀크는 그렇게 말하면서 몸을 일으키더니 강렬한 위압감을 뿜기 시작했다.

위즈에게 도전할 정도의 사나이가 주정뱅이 양아치 따위에게 당할 리가 없다.

그런 듀크를 본 금방 양아치는 한손을 내밀고 자신만만한 웃음을 흘렸다.

"훗, 합격이야. 그래. 모험가라면 이래야지. 모험가는 얕보이면 끝장이거든. 나는 신출내기를 보면 이렇게 시험을 해보면서 반응을 살펴. 순순히 돈을 내놓는 얼간이라면 모험가에는 적성이 없으니 고향으로 돌아가라고 설득하지. 그리고 너처럼 근성이 있는 녀석한테는 술을 한 잔 사주는 거야."

"……그래? 꽤 재미있는 짓을 하는군."

듀크는 그 말을 듣고 흥미를 느낀 눈길로 쳐다본 뒤 다시 자리에 앉았다.

싸워보지도 않고 꼬리를 내린 금발 패배자는 점원을 불러 듀크에게 술을 가져다주라고 주문을 한 다음에 그 자리를 벗어났다.

그리고 당당한 걸음걸이로 내 곁에 오더니—.

"어이, 카즈마! 저 녀석은 뭐야?! 저렇게 위험한 상대면 미리 말해달라고! 괜히 술값만 날렸잖아!"

"이, 인마……. 그것보다 저 녀석은 어느 정도 수준인 것 같아?"

이 남자의 생활태도와 성격은 인간 말종급이지만 모험가로서의 실력은 이 마을에서도 꽤 알아주는 편이다.

듀크의 실력을 파악한다면 위즈를 안심시켜줄 수도—.

"저 녀석은 위험해. 내가 지금까지 만나본 녀석들 중에서도 손꼽히는 수준이야. 거물 현상범이나 마왕군 간부급은 될 걸?"

"즉……. 나에게 필적할 정도의 힘을 지녔다는 거구나."

맙소사. 그 정도면 위즈라도 위험한 거 아냐?

나는 할 말이 있는 표정으로 쳐다보는 더스트를 내버려둔 후, 듀크에게 다가갔다—.

"저기, 잠깐 나 좀 볼래? 내 이름은 사토. 이 마을 최강의 모험가라 불리는 사토 카즈마라고 해."

"또 이상한 녀석이 왔……. 사토? 사토 카즈마?! 네가 그 사토 카즈마냐?!"

상대는 내 이름을 아는 것 같았다.

뭐, 무리도 아니다. 지금은 신문에 내 기사가 실릴 정도니까 이런 강자가 나를 체크하는 것도 당연했다.

나는 여유 넘치는 미소를 지으며 말했다.

"그래. 내가 사토 카즈마야. 수많은 거물 현상범과 마왕군 간부를—."

"매번 동료에게 지시만 내리기만 할 뿐, 자기는 딱히 실력도 없는 그 사토 카즈마냐! 코볼트한테도 질 정도로 약하다는 그 사토 카즈마구나!"

…………

내가 금방이라도 울음을 터뜨릴 듯한 표정을 지으며 입을 다물자, 듀크는 흥미롭다는 듯 나를 쳐다보았다.

"그래. 소문은 사실인 것 같군. 너한테서는 송사리 냄새가 풀풀 나는걸. 마왕군 간부들이 백수 출신 남자가 지휘하는 파티에게 차례차례 토벌당하고 있다는 이야기는 들었지만, 역시 정보가 잘못된 건가……."

"어이쿠, 아무래도 시비를 걸기로 작정을 한 것 같군요."

내가 친근하게 말을 걸어줬더니 이 녀석은 완전 기어오르잖아!

"……흠. 나는 이 마을에 사는 어느 여자에게 도전하러 온 거지만……. 그래. 그 일을 우선적으로 처리할 생각이었는데, 꼭 그럴 필요는 없겠지. 이참에 겸사겸사 해치워둘까."

"장보러 나왔다가 겸사겸사 딴 것도 사간다는 투로 그딴 소리 하지 말라고. 뭐야, 한 번 해보자는 거야? 나는 네가 생각하는 것보다 더 강하거든? 내가 해치운 거물들이 얼마나 많은지 알기는 해?! 그리고 내 뒤에는 대귀족인 더스티네스 가문이 있다고. 괜히 싸움을 걸었다간 너만 후회할 거야! 힘 좀 쓴다는 친구도 엄청 많거든?!"

나는 얕보이지 않기 위해서 듀크에게 단호한 어조로 그렇게 말했다.

후반부에 좀 얼간이 같은 소리를 한 건, 눈을 가늘게 뜬 듀크를 보고 겁먹었기 때문이 결코 아니다.

"……뭐, 좋다. 지금은 너보다 우선해야 할 상대가 있으니까. 오늘은 그냥 눈감아주지."

"나, 나는 할 때 하는 남자라고! 실력을 발휘했다 하면 대단한 카즈마 씨로 알려져 있거든?! 하지만, 실력 발휘는 내일 이후에 하겠어!"

좋아. 딱 잘라 한 마디 해줬어.

왠지 패배자의 넋두리처럼 들리지만, 이 정도면 모험가로서 얕보이지 않았다고 남들에게 우길 수는 있을 거야.

하지만 하마터면 싸울 뻔 했다.

그러고 보니 내가 신문에 실렸다는 걸 안 지인 모험가한테서, 유명해지면 표적이 될 수도 있다는 말을 들었다.

"그럼 오늘은 이쯤에서……."

봐주겠어, 라고 말하려다 나는 문뜩 눈치챘다.

……이러면 안 된다. 하마터면 진짜 목적을 깜빡할 뻔 했다.

"어이, 네가 우선하는 상대라는 건 위즈지?"

듀크는 내 말을 듣자마자 바로 반응을 보였다.

어느새 뽑아든 칠흑빛 나이프를 내 목에 대더니 눈을 날카롭게 뜬 것이다.

"네놈, 어째서 그걸 알고 있는 거지? 위즈와는 어떤 관계인 것이냐?"

"지지지지, 진정해! 진정 좀 하라고요! 나는 그저 친구예요! 친구인 내가 죽으면 위즈도 슬퍼할 거라고!"

순식간에 분위기가 달라진 듀크를 향해 내가 떨리는 목소리로 그렇게 말하자—.

"……위즈에 대해 얼마나 아는지 모르겠지만, 그 여자한테 깊이 얽히지는 마라. 너 같은 송사리가 주위에서 어슬렁거려도 되는 상대가 아니다."

듀크는 그렇게 말하고 나이프를 다시 집어넣었다.

이 자식, 위즈의 이름을 언급했을 뿐인데 협박을 하는 거냐? 성질머리 한 번 더럽게 급한 녀석이네. 그 정도로 위즈를 좋아하는 거냐고…….

"네가 위즈를 노린다는 건 알아. 그리고, 나는 너를 응원해."

"뭐?"

듀크는 내 말이 뜻밖인지 눈을 치켜뜨고 딱딱하게 굳었다.

"……너는 위즈의 친구인 것 아니냐?"

"친구이기 때문에 너를 응원하는 거야. 나는 위즈가 지금 하는 일에 적성이 없다고 생각해. 그리고……."

나는 목소리를 낮춘 후—.

"리치라고 해도 행복해질 권리는 있어. 위즈는 은퇴해서 행복한 여생을 보내도 괜찮다고 생각해."

"…………네놈은 위즈가 리치라는 걸 알면서도 그녀와 친구로 지내는 것이냐. 아무래도 너에 대한 인식을 바꿀 필요가 있을 것 같군."

듀크는 의미심장한 말을 입에 담더니 약간 경계를 푼 듯한 표정을 지었다.

나는 이 열정적인 사나이에게라면 위즈를 맡길 수 있다고 생각한다.

이성 친구가 다른 남자에게 시집가는 것은 솔직히 말해 싫다.

하지만 위즈는 저래 봬도 꽤 나이가 있는 편이다.

그러니 이제 그만 가정을 꾸리는 것도 괜찮을 것이다.

"네 말이 맞다. 나도 그 여자가 지금 일에 적성이 없다고 생각하지. 얼음 마녀라 불리던 시절이라면 몰라도, 지금처럼 얼빠진 상태에서는 말이야."

"뭐, 위즈가 옛날에 고명한 모험가였다는 건 알아. 그 시절이라면 좀 더 잘할 수 있을지도 모르지만……."

그렇다. 현역 시절의 위즈라면 모험가들의 심정을 헤아리면서 퀘스트에 도움이 될 상품을 취급할 것이다.

하지만 지금은 그 바닐조차 두 손 두 발 다 들 정도의 얼간이 점주인 것이다.

"하지만 위즈와 싸우지는 마. 대화를 통해서 지금 하고 있는 일을 관두게 하면 되잖아?"

"……응? 대체 무슨 소리를 하는 것이냐. 그래서는 의미가 없다. 그 여자의 일을 이어받기 위해서는 내 힘을 증명해야만 해."

듀크는 위즈가 아직도 고스트 퇴치 같은 위험한 일을 하고 있다고 생각해서 이런 말을 하는 것이리라.

확실히 고스트 퇴치 같은 일을 이어받기 위해서는 자신이 얼마나 강한지 주위에 증명할 필요가 있다.

지금은 그런 일을 하지 않는다는 걸 밝히는 것은 간단하지만, 이렇게 위즈를 걱정해주고 있는 듀크에게 내가 그런 걸 가르쳐주는 것도 조금 그랬다.

게다가 위즈를 집에 들어앉힌 후 마도구점 또한 자신이 운영할 생각인지도 모른다.

"저기, 물어볼 게 있는데……. 위즈의 일을 전부 이어받을 생각인 거지?"

"물론이다. 그 일에 나보다 더 적합한 사람은 없어! 그리고 파탄나기 일보 직전인 현재 상황도 반드시 타파하고 말겠다!"

이 녀석, 자신감이 넘치네.

내다보는 악마인 바닐이 있는데도 경영 파탄 직전인 그 가게의 경영을 회복시키겠다고 이렇게 자신만만하게 말하다니 정말 대단한 사나이다.

……잠깐만 있어봐?

"어이, 그걸 막는 최대의 장애물이 있지 않아? 바닐 말이야. 너, 위즈에 대해 그렇게 잘 아는 걸 보면, 그 녀석에 대해서도 알겠네? 위즈가 일을 못하게 하는 것뿐이라면 몰라도, 그 후임이 될 생각이라면 바닐도 가만히 있지는 않을 거야."

그렇다. 바닐의 목적은 위즈 마도구점을 번창하게 해서 거금을 번 후, 그 돈으로 자신을 위한 거대 던전을 만드는 것이다.

위즈가 시집가는 것에는 쌍수를 들고 환영하겠지만, 다른 녀석이 점주를 맡겠다고 나서는 것을 과연 반길까.

그 배배 꼬인 대악마가 입 다물고 있을 리가 없다.

"큭, 바닐 님 말이냐……. 확실히 그 분은 성가시지. 하지만 이건 나와 위즈 사이의 문제다. 아무리 바닐 님이 상대라도 물러설 수는 없어!"

나는 듀크의 말을 듣고 어마어마한 충격을 받았다.

이렇게 대단한 사나이는 본 적이 없다.

나조차도 그 치트 악마를 상대하는 건 딱 질색이다.

즉, 그 정도로 위즈를—.

"하지만 그 녀석이라면 분명 훼방을 놓을 거야. 하지만……."

그렇다면, 나도 각오를 다지자.

나는 듀크와 건배를 하려는 것처럼 술잔을 내밀면서—.

"나는, 너 같은 녀석을 싫어하지 않아."

바닐이 상대인데도 물러서지 않는, 이 사나이 중의 사나이를 향해 미소를 지었다.

5

"그러니까, 나는 그 녀석을 응원하기로 했어."

"저기, 무슨 소리를 하는 건지 모르겠거든?"

다음 날 아침.

아침 일찍 집으로 돌아간 나는 동료들과 아침 식사를 하면서 듀크와 만난 일을 이야기했다.

"그 듀크라는 녀석은 고집불통이지만, 의외로 남자다움이 철철 넘쳐흐르는 좋은 녀석이라는 생각이 들더라고."

요즘 들어 하렘이니 뭐니 하며 메구밍과 다크니스 사이에서 시시덕거리기만 했던 나는, 듀크의 일편단심을 느끼고 정신이 번쩍 드는 느낌을 맛보았다.

나는 메구밍과 가까워졌으면서 다크니스가 은근슬쩍 유혹하면 그대로 넘어가고 말았다.

지금 돌이켜보면 요즘 내 행동은 정말 문제가 많았다.

위즈를 위해 모든 것을 내던질 정도의 각오를 다진 듀크와는 정반대인 것이다.

나는 같은 남자로서 듀크를 응원해주고 싶어졌다.

그리고 카즈마 씨는 일편단심이라는 평판을 되찾고 싶어졌다.

"……뭐, 저로서는 카즈마 주위의 여자들이 자기 짝을 구하는 것은 환영할 일이니 딱히 말릴 생각은 없지만……."

"훗, 나를 『저의 남자』라고 말했으면서 아직도 걱정을 하고 있는 거야? 정말 귀여운 녀석이라니깐."

"무슨 속셈인지는 모르겠지만, 좀 기분 나쁘니까 그런 태도는 삼가 줬으면 좋겠네요……."

바로 그때 포크로 달걀 프라이와 말 그대로 격투를 벌이고 있던 아쿠아가, 연신 고개를 끄덕이고 있는 나를 향해 이렇게 말했다.

"너, 위즈가 어디서 굴러먹던 말 뼈다귀인지도 모르는 남자한테 넘어가도 괜찮은 거야? 카즈마라면 메구밍과 다크니스만으로는 만족 못하고, 위즈와 융융과 아이리스와 에리스와 크리스와 코멧코도 전부 자기 거라고 우길 줄 알았어."

"너, 나를 대체 뭐로 보……. 잠깐만 있어봐. 마지막 한 사람은 좀 이상하잖아. 나도 넘어선 안 되는 선은 파악하고 있거든? 그리고 몇 번이나 말했다시피, 나는 로리콤이 아니라고!"

그러고 보니 나를 따라다니는 로리마 씨라는 중상모략은 주로 이 녀석이 퍼트린 것이다.

이참에 혼쭐을 내줘야겠다고 생각하고 내가 자리에서 일어서려 한 바로 그때였다.

얼굴이 새빨개져 있던 다크니스가 갑자기 테이블을 내려친 뒤 벌떡 일어섰다.

"카즈마, 너를 다시 봤다! 그래, 그 남자의 사랑은 그렇게 지고지순한 것이었구나! 설령 상대가 리치일지라도 개의치 않는다니 유혹을 당했다 하면 쉽게 흔들리는 어떤 남자와는 비교도 안 될 만큼 일편단심……!"

"어이, 유혹을 당하면 쉽게 흔들리는 남자라는 게 설마 나야? 유혹을 한 본인이 그런 소리를 하는 거냐?"

다크니스는 내 말을 무시하더니 흥분 때문에 얼굴이 새빨개진 채로 이렇게 외쳤다.

"카즈마, 나도 너한테 협력하마! 바닐이 그 두 사람을 방해하려고 들 경우에 막으면 되는 거지? 우선 뭘 하면 되느냐? 자, 뭐든 시켜다오!"

그렇게 말한 다크니스는 기대에 찬 눈으로 나를 쳐다보았다.

아니 협력해주는 건 고맙지만…….

"두 사람 다 진정해요. 우선 서로의 마음을 확인하는 게 어떨까요? 남자 쪽에서 그렇게 열렬하게 대시해서야, 저처럼 연애에 빠삭한 어른 여성이 아니라면 당황하고 말 거예요. 게다가 행방이 묘연한 위즈를 우선 찾아야 하잖아요."

"어이, 꼬맹이. 네가 언제 연애에 빠삭한 어른이 된 건데? 어른은 나처럼 여유 넘치는 남자한테나 어울리는 말이야."

내가 그렇게 말하며 코웃음을 치자, 메구밍은 입안을 가득 채우고 있던 햄을 꿀꺽 삼킨 후—.

"……그럼 오늘 밤에 제가 어른이라는 걸 증명해볼까요? 밤이 되면 제 방에 놀러 오세요."

마치 내가 뭘 하고 싶어 하는지 전부 안다는 표정을 지으면서 고혹적인 미소를 지었다.

"아, 오늘은 됐어. 딱히 그렇고 그런 짓을 하고 싶은 기분도 아닌 데다가, 어제 진정한 사나이를 만났거든. 나는 한동안 너희한테 휘둘리지도 않고, 너희의 한심한 색기에 휘둘리지도 않아."

"어?!"

메구밍은 꽤 자신이 있었는지 내 대답을 듣고 당황했다.

"왜 그래? 내가 사시사철 발정기라 여자만 밝히는 남자라고 생각한 거야?"

"그, 그게, 저기……. 요즘 들어 꽤 관계가 진전됐으니까,

당연히 넘어올 거라고 생각했거든요…….”

아쿠아가 당혹스러워하는 메구밍에게 귓속말을 했다.

“지금의 카즈마에게는 그런 건 안 먹혀. 어제 외박하고 돌아왔지? 그렇게 밖에서 자고 돌아올 때는 말이지…….”

“아쿠아, 어제 내가 준 용돈은 어떻게 했어? 벌써 다 쓴 거야? 술은 맛있었어?”

나는 괜한 소리를 늘어놓으려 하는 아쿠아의 손을 움켜쥔 후, 밖으로 끌고 나가려고……!

“술은 맛있었는데, 왜 내 손을 움켜쥐는 거야? 앗, 아직 디저트 안 먹었어. 대체 어디에 끌고 가려는 건데?! 안 돼! 이러지 마!! 저기, 메구밍! 다크니스! 실은 이 마을에는 서큐—.”

“좋아, 오늘도 용돈을 줄 테니까 좀 따라와 봐! 너한테 할 중요한 이야기가 있다고!”

제4장 이 사나이에게 여신의 성원을!

1

그 날은 아침부터 비가 내렸다.

하지만 아쿠아는 비를 개의치 않고 즐겁게 밭농사에 힘썼다.

그리고 우산을 쓴 메구밍이 옆에서 아쿠아에게 지시를 내리고 있었다.

"저기, 카즈마. 네가 저 두 사람을 말려봐라. 농사를 얕봐선 안 된다. 매년 송이버섯 농가와 죽순 농가는 심각한 피해를 입고 있단 말이다."

당혹스러운 표정을 지은 채 창문 너머로 그런 두 사람을 쳐다보던 다크니스는 애원하는 어조로 나에게 그렇게 말했다.

"나도 농가가 얼마나 고생을 하고 있는지는 알아. 내 고향에서도 태풍이 불 때 사람이 행방불명되기도 하거든. 하지만 저 녀석들이 남의 말을 듣지 않으니 어쩔 수가 없다고."

"너희 고향에서도 그런 일이 벌어지는 것이냐. 하긴, 태풍이 부는 날이면 채소도 텐션이 상승해서 흥분하니까 말이야……."

태풍이 불 때 수로와 밭이 걱정이 되어 살펴보러 갔다가

다치거나 목숨을 잃는 농부 이야기를 한 것인데, 두 세계의 상식에 약간의 차이가 있는 것 같았다.

"카즈마, 여기 좀 봐! 벌써 밭에 싹이 텄어!"

물의 여신이라 그런지 비를 맞고 있는데도 텐션이 하늘을 찌르는 아쿠아가 고함을 질렀다.

"꽁치도 싹이 텄네요. 좀 그로테스크하지만, 이참에 봐두는 것도 괜찮을 거예요."

메구밍마저 저딴 소리를—.

"어이, 다크니스. 수박이 바다에서 나거나, 꽁치가 밭에서 나는 것에 위화감 같은 걸 느낀 적은 없어?"

"왜 위화감을 느껴야 하지? 너는 때때로 이상한 소리를 하는구나."

이세계인과 나 사이의 갭 때문에 내가 오랜만에 문화적 충격을 받고 있을 때, 현관문 쪽에서 노크 소리가 들렸다.

내가 손님을 맞이하기 위해 현관문을 열어보니 당황한 듯한 인형탈이 날개를 퍼덕거리고 있었다.

이 녀석이 어떻게 이 집을 알게 된 건지, 그리고 뭘 하러 온 것인지 내가 생각하고 있을 때 농작업 중이던 아쿠아가 이 인형탈을 발견한 것 같았다.

"앗~!"

"삐잇?!"

아쿠아의 고함을 들은 인형탈이 새 울음소리를 냈다.

"너, 배짱 한 번 좋구나! 밖에서 마주치면 정화할 거라고 전에 말했었지?! 그 얼간이 악마도 없으니 여기서 확 하늘로 돌려보내주겠어!"

"기, 기다려라! 나도 이유가 있어서 여기에 온 거다! 실은 바닐 님과 점주 님이……."

—폭우가 쏟아지는 가운데 우리는 마도구점을 찾았다.

"위즈, 돌아왔구나! 다들 걱정했어."

"바닐 씨는 정말 바보예요! 옛날이나 지금이나 정말 섬세함과는 거리가 멀다니까요!"

"이 얼간이 점주가! 악마에게 섬세함을 바라지 마라! 행실만 나빠졌나 했더니 사랑에 눈이 멀기까지 한 것이냐! 시집갈 거면 빨리 가버리란 말이다!"

문을 연 우리는 대판 싸우고 있는 두 사람을 보고 그대로 얼어붙었다.

"괜찮겠어요?! 제가 진짜로 시집을 가버려도 괜찮겠어요?! 집에 들어앉으라는 말을 들었으니 이 가게를 관둘 수밖에 없거든요?! 경영자가 바뀐단 말이에요! 악마에게 있어 계약은 절대적인 것이죠? 함께 이 가게를 번창하게 한다는 저와의 계약은 어떻게 할 거죠?!"

비를 맞으며 돌아온 건지 온몸이 비에 젖은 위즈가 울먹거리면서 그렇게 외쳤다.

그런 위즈와 대치한 바닐은 가짜 몸의 관자놀이 부분에 힘줄이 돋아나게 하면서 반론을 늘어놓았다.

“노처녀 점주가 시집을 가서 점주가 바뀐다면, 쓸 만한 새 점주와 함께 이 가게를 번창시켜서 던전 건설비용을 손에 넣을 거다! 그러니 마음 놓고 시집을 가라, 이 주책바가지 점주야!”

“이이이이익!”

눈가에 눈물이 맺힌 위즈가 바닐에게 달려드는 모습을 본 나는 옆에 있는 인형탈에게 물어보았다.

“뭐가 어떻게 된 거야?”

“바닐 님과 점주 님이 아까부터 계속 저러고 있구나. 겨우 돌아온 점주 님이 정신이 다른 데 팔린 것처럼 어떤 질문을 던져도 계속 건성으로 답하니 바닐 님도 화가 나셨지. 나는 저 두 사람을 말릴 수가 없어서, 소년에게 도움을 청한 거다.”

나를 그런 일로 부르지 말라고 말하고 싶었지만 일단 위즈가 돌아왔으니 됐다.

두 사람이 드잡이를 시작하자 아쿠아가 미간을 찌푸리며 끼어들었다.

“위즈, 너 대체 어디를 싸돌아다닌 거야?! 남들에게 걱정을 끼치면 어떻게 해! 자, 빨리 사과해!”

“아쿠아, 위즈는 지금 바빠 보여요. 이야기를 더 복잡하게 만들지 말고, 저와 같이 구석에 있죠.”

메구밍은 분위기 파악을 못하는 아쿠아를 잡아끌면서 가게 구석으로 이동했다.

한편 다크니스는 자초지종을 듣기 위해 질문을 던졌다.

"대체 너희는 무슨 일로 싸우고 있는 것이지? 제레실트 님도 난감해 하고 있지 않느냐."

위즈는 울먹거리면서 다크니스를 향해 애달픈 어조로 말했다.

"다크니스 씨, 제 말 좀 들어보세요! 실은 이 며칠 동안 이 세상의 끝에 가 있었어요. 거기에 있는 세상에서 가장 깊다는 거대 던전에 틀어박혀서 몬스터들을 사냥하며 계속 고민했죠."

무투파다운 은둔형 외톨이 방식에 내가 약간 질린 가운데, 위즈는 가게의 꽃병에서 꽃을 하나 뽑아들더니 그것을 만지작거리기 시작했다.

"그 분……. 느닷없이 나타나서 저의 모든 것을 받아주겠다고 말한 듀크 씨는……. 대체 왜 저에게 그렇게 정열적인 구애를……."

어이쿠, 애정을 과시하는 것입니까?

바닐은 진절머리가 난 것처럼 인상을 썼지만 위즈는 그걸 눈치채지 못한 채 계속 말을 이었다.

"저는 리치잖아요? 그런데 그래도 상관없을 뿐만 아니라, 언데드가 되었는데도 제가 아름답다면서, 있는 그대로의 저를 좋아한다고 말해줬어요……."

"나, 독순술 스킬로 멀찍이서 지켜보고 있었지만, 그런 말은 안 한 것 같거든?"

내 태클을 가볍게 무시한 위즈는 꽃을 계속 만지작거리며 말을 이었다.

"게다가, 처음 만난 저와 가정을 꾸리고 싶다고 했어요……. 그 뿐만 아니라, 가련한 너한테는 위험한 일이 어울리지 않으니 앞으로는 내가 지켜주겠다고……."

"그런 말 안 했거든?"

듀크가 그렇게까지 말하지는 않았다고…….

"카즈마 씨, 저는 지금 중요한 이야기를 하고 있으니까 좀 조용히 해주세요. ……갑작스레 프러포즈를 받기는 했지만, 저에게는 바닐 씨와 한 약속과 이 가게가 있어요. 아아, 대체 어쩌면 좋을까요……."

위즈가 옆을 힐끔힐끔 쳐다보자, 그녀의 시선을 받은 바닐이 귀찮다는 듯 입가를 일그러뜨리며 입을 열었다.

"가게에 돌아온 후로 계속 이런 상태다. 어쩌면 좋겠냐고? 흥, 계속 점주를 할 거면 며칠간 농땡이 피운 만큼 일하고, 시집을 갈 거면 그대가 하고 싶은 대로 하라고 말했더니 갑자기 화를 내는구나……."

"좀 제 입장에서 생각해 줘도 되잖아요! 저와 바닐 씨는 이것밖에 안 되는 사이였나요?! 저희는 서로의 소망을 이뤄주기 위해 모인 파트너잖아요!"

바닐은 파트너라는 말을 듣자마자 인상을 팍 썼다.

"악마에게 있어 계약이란 절대적인 것이지만……. 이 몸조차도 그대가 요즘 들어 너무 얼간이가 되어서 마음이 꺾일 것만 같구나……. 그대와의 계약을 손해 보지 않고 해지할 방법이 없는지 불철주야 지혜를 쥐어짜고 있긴 한데……."

"계약 파기 같은 건 절대 안 할 거예요! 저도 바닐 씨가 없어지면 이 가게가 망하고 말 거라는 건 알고 있어요. 그, 그리고 세계 최대의 던전은 분명 저만 만들 수 있을 걸요? 바닐 씨, 난공불락인 던전의 가장 깊은 곳에서 모험가들과 싸운다는 꿈을 포기할 건가요?!"

위즈는 바닐에게 매달리면서 필사적인 어조로 호소하듯 그렇게 말했다.

아쿠아가 그런 위즈를 향해 말했다.

"그건 그렇고, 위즈는 그 사람과 사귈 거야? 아, 혹시 네 취향이 아닌 거야?"

위즈는 그 말을 듣더니 바닐을 힐끔힐끔 쳐다본 뒤 쥐고 있는 꽃을 만지작거렸다.

"그 분의 외모는 나쁘지 않은 편이고, 애정이 깊은 점도 호감이 가지만……. 저한테는 바닐 씨의 꿈을 이뤄줄 의무 같은 게 있어요."

"이 몸은 그대가 꼭 이 가게의 주인일 필요는 없고, 돈이 충분히 모였을 때 던전을 만들어주기만 하면 된다만……."

"바닐 씨는 츤데레인가요?! 데레 부분이 너무 없는 거 아니에요?! 저에게 좀 흥미를 가져달란 말이에요! 저희는 꽤 오랫동안 알고 지냈잖아요! 제가 확 그 분을 따라가 버려도 정말 괜찮겠어요?!"

화가 난 나머지 무심코 드레인 터치라도 쓴 건지 위즈가 쥔 꽃이 시들기 시작했다.

"성별이 없는 이 몸을 츤데레 취급하면 곤란하다만……. 뭐, 좋다. 이번에는 제대로 내다봐주지. 내다봐서 정말 문제가 많은 상대라면 이 몸이 쫓아내주마. 그러면 되겠느냐?"

바닐은 귀찮다는 듯 그렇게 말했고, 나는 지금 이대로가 듀크에게 있어서는 좋을지도 모른다는 생각이 들었다.

그렇다. 이 사태가 가장 골치 아파지는 건 듀크에게 이 가게의 경영권이 넘어가는 것을 바닐이 싫어할 경우라고 여겼다. 하지만 이 녀석은 점주가 바뀌더라도 개의치 않는 것 같았다.

악마다운 매몰찬 사고방식 같지만 그래도 가장 큰 장애물이 사라졌다.

……잠깐만 있어봐. 어쩌면 바닐이 듀크를 내다본 후에 이상한 트집을 잡을 가능성도 있잖아.

내가 내다보는 것을 말릴지 말지 고민하고 있을 때, 바닐의 눈이 요사한 빛을 뿜더니—.

"호오……. 보인다, 보여. 그대를 사모하는 그 남자가, 이 마을에서 네 녀석의 정보를 열심히 수집하고 있구나."

위즈는 그 말을 듣고 기분이 좋아졌는지 입가에 옅은 미소를 머금었다.

"……으음? 이, 이럴 수가……! 대단하구나! 정말 대단해! 하도 내다보기 힘든 녀석이라 의아했는데, 그렇게 된 건가!"

"바, 바닐 씨, 왜 그래요? 뭐가 대단하다는 거죠? 그리고 바닐 씨가 이렇게 남을 칭찬하는 것 자체가 흔치 않은 일 아니에요?!"

다들 방금까지와 전혀 다른 반응을 보이는 바닐을 미심쩍어하는 가운데, 자칭 내다보는 대악마는 희희낙락하면서 말했다.

"내다보는 악마가 선언하마! 그대가 그 남자의 마음에 응하는 순간. 그 무엇도 범접할 수 없을 만큼 최고의 환희와 행복을 누리는 자가 이 세상에 탄생할 것이다!"

2

마도구점에서 집으로 돌아가는 길.

"하지만 바닐이 그렇게 순순히 허락할 줄은 몰랐어. 역시 내가 인정한 사나이다운걸."

나는 아까 일을 떠올리며 혼잣말을 하듯 그렇게 중얼거렸다.

"이 남자는 왜 이렇게까지 그 스토커에게 푹 빠진 걸까요. ……뭐, 눈만 뗐다 하면 다른 여자 모험가와 시시덕거리거나, 욕실에서 유혹 좀 당하면 이상한 변명을 늘어놓으면서 휘둘리는 어디 사는 누군가와는 다르게 일편단심인 점은 인정하지만요……."

메구밍이 뭔가 한 말이 있는 표정으로 나를 쳐다보았다.

"그래. 어디 사는 누군가와 다르게, 평생을 함께할 상대를 진심으로 소중히 여기는 것 같구나. 뭐, 나는 바람피우는 남자도 인간 말종의 귀감 같아서 싫어하지는 않는다만……."

다크니스도 뭔가 할 말이 있는 표정으로 나를 쳐다보는데—.

"너무 그러지 마! 욕실에서의 일은 내가 잘못했다고! 하지만 너희한테도 잘못은 있잖아! 메구밍은 툭하면 의미심장한 태도를 취하면서 선은 넘으려고 하지 않지, 다크니스는 쓸데없이 에로한 몸을 가졌으면서 배짱은 없는지 어중간하게 유혹만 하지……."

"이 저질 쓰레기 같은 남자가 뻔뻔한 소리만 늘어놓네요!"

"너는 요즘 들어 내 이상형에 점차 다가가고 있는 것 같구나……."

내가 두 사람에게 비난을 당하는 가운데, 뒤편에서 힘없는 발걸음으로 터벅터벅 다가오던 아쿠아가 갑자기 입을 열었다.

"인정 못해."

내가 그 말을 듣고 고개를 돌려보니—.

"나는 어디서 굴러먹던 말 뼈다귀인지도 모르는 그딴 인간 따위는 절대 인정 못해! 이상하잖아! 상대는 바로 그 위즈란 말이야! 위즈 따위를 어째서 그렇게 좋아할 수 있는 건데? 분명 음흉한 속내가 있는 게 틀림없어! 여신의 감이 말하고 있어! 그 남자는 위즈를 좋아하는 게 아냐!"

아쿠아는 갑자기 그런 억지스러운 소리를 늘어놓기 시작했다.

"너는 같이 차 마실 친구가 줄어드는 게 싫은 것뿐이잖아."

"그렇기는 해! 하지만 불길한 예감이 아주 약간 든단 말이야! 말로 잘 표현하지 못하겠지만, 내가 질색하는 상대가 기뻐하는 결말이 기다리고 있는 것 같아……!"

아하, 무슨 소리를 하는 건지 모르겠네.

"하지만 위즈도 약간 마음이 있는 것 같으니 저희가 말릴 수는 없잖아요. 그녀의 행복을 바란다면, 그냥 가만히 두는 편이……."

아쿠아는 메구밍의 말을 듣고 입을 다물었다.

—바닐이 듀크를 내다본 후의 일이다.

위즈는 고민에 고민을 거듭한 끝에 긍정적으로 검토해보겠다고 말하며 일을 시작했다.

그렇다면 뒷일은 당사자들 간의 문제이고 타인에 불과한

우리가 참견해서는 안 된다.

하지만—.

"……그 남자를 시험해보겠어."

아쿠아는 마음속에 결의를 품은 듯한 눈길을 머금으면서 그렇게 말했다.

"시험해보겠다고? 어떻게? 대체 무슨 짓을 벌일 생각인데?"

내가 무심코 그렇게 묻자 아쿠아는 자신만만한 표정을 지었다.

"그 남자가 진짜로 일편단심에 진지한 사나이인지 확인해보겠다는 거야. 그 남자를 꼬셔볼래."

……뭐?

"어, 어이, 제정신이야? 연애에 대해서는 눈곱만큼도 아는 게 없는 네가 그 사나이를 꼬실 수 있을 거라고 진심으로 생각하는 거야?"

아니 그 사나이는 고사하고 평범한 일반인을 꼬시는 것도 무리라고 보는데…….

"너, 나를 뭐로 보고 그런 소리를 하는 거야? 나는 전국의 천만 아쿠시즈 교도를 신도로 거느렸을 만큼 인기 좋은 아쿠아 님이거든? 동네 어린애들한테도 인기가 좋은 데다, 얼마 전에는 어떤 할아버지한테서 과자도 받았어. 내가 저 두 사람을 조금만 지도해주면, 그 남자를 꼬시는 것 정도는 식은 죽 먹기야."

대체 저 자신감은 어디서 나오는 걸까.

……잠깐만. 저 두 사람을 지도한다고?

내가 그런 의문에 사로잡혀있는 와중에도, 아쿠아는 자신만만한 어조로 으스대듯 말을 늘어놓았다.

"로리콤 끼가 있는 상대에게는 치명적인 위력을 발휘하는 로리 킬러, 그리고 음란한 거라면 환장하는 상대에게 맹위를 떨치는 에로네스 씨잖아? 이 두 사람의 유혹에도 넘어오지 않는다면, 나도 그 남자를 인정해주겠어!"

"잠깐만요, 로리 킬러라는 게 저를 두고 한 말인가요?! 그런 바보 같은 짓을 할 생각은 없어요! 저도 그 남자 못지않게, 일편단심이 모토인 여자란 말이에요! 카즈마가 있는데, 딴 남자를 헌팅할 생각은 추호도 없어요!"

"그리고 내가 에로 담당이라는 소리 좀 작작해라! 날이 갈수록 나에 대한 평가가 나빠지는 느낌이 든단 말이다! 뭐, 이런 취급을 당하는 걸 싫어하지 않는 나 자신도 약간 원망스럽구나……."

아쿠아는 두 사람의 항의를 무시했다.

"연애 경험이 전혀 없는 이 두 사람에게는 내 지혜를 전수해줄 테니까 안심해! 두고 봐! 내 말이 틀리지 않다는 걸 증명하고 말겠어!"

"안 할 거예요! 절대 안 할 거라고요! 아쿠아, 제 말 듣고 있나요?!"

메구밍이 마구 흔들어대는 와중에도 아쿠아는 나를 향해 그렇게 선언했다.

3

변두리에 있는 허름한 술집에 엄청난 미녀가 나타났다.

요염하다는 말이 잘 어울리는 그 미녀는 이런 싸구려 술집과는 어울리지 않는 고급스러운 드레스를 입고 있었다. 그런 그녀는 홀로 과묵하게 술을 홀짝이고 있는 로브 차림의 남자에게 다가가더니—.

"잠시 실례해도 될까요?"

"……매춘부와 노닥거릴 생각은 없다."

이성을 유혹하려는 미소를 머금은 채 그대로 딱딱하게 얼어붙어버렸다.

……로브를 걸친 남성, 듀크에게 말을 건 사람은 아쿠아에게 지시를 받은 다크니스였다.

(어이, 아쿠아. 다크니스 녀석, 화장까지 해가며 예쁘게 꾸미고 대시했는데도 매춘부 소리나 들으며 바로 차였어. 크큭.)

(카즈마, 웃지 마. 우리까지 들키면 어쩌려고 그래. ……푸풉.)

다크니스는 우리가 한 말을 들었는지 얼굴이 점점 벌게졌다.

이곳은 일전에 내가 듀크와 마주쳤던 바로 그 술집이다.

나와 아쿠아는 듀크가 다크니스에게 반해서 이상한 짓을 하려 한다면 바로 그녀를 구조하기 위해, 잠복 스킬을 쓴 채 두 사람이랑 조금 떨어진 곳에서 손님으로 위장하고 있었다.

그리고 첫 번째 자객으로서 다크니스를 보내봤는데—.

(저 녀석, 내가 너한테 무리라고 말했을 때는 발끈하면서 「귀족은 남자를 유혹하는 농락술도 배운다」 같은 소리를 했는데, 크큭.)

(그래도 「어쩔 수 없지. 위즈를 위해 귀족 영애의 오라를 선보이마」라고 말할 때는 정말 멋졌어!)

다크니스도 처음에는 엄청 투덜댔다.

너는 내가 다른 남자를 유혹해도 아무렇지 않느냐, 같은 성가신 소리까지 했던 것이다. 하지만 내가 NTR이라는 걸 맛보고 싶다고 말하자 바로 공감하면서 적극적으로 협력해 줬다.

아무래도 내 발언이 변태에게는 매우 납득이 되는 대답이었던 것 같았다.

참고로 메구밍은 아쿠아가 설득을 시도해보기도 전에 도망쳤다.

나와 아쿠아가 그 두 사람과 약간 떨어진 장소에서 소곤거리고 있을 때, 다크니스는 원래 목적을 떠올린 건지 표정을 굳혔다.

그리고 부드러운 미소를 머금으면서 살며시 웃음을 흘리

더니—.

"농담을 잘하시는군요. 저는 매춘부가 아니랍니다. 이 마을에서 조그마한 가게를 운영하고 있는 라라티나라고……."

"어, 다크니스잖아! 어이, 드레스 차림으로 이런데서 뭐하고 있는 거야? 여기는 귀족 님이 올 만한 가게가 아니라고. 더스티네스 가문의 아가씨~, 기왕 이런데서 마주쳤으니까 술이나 한 잔 사줘!"

느닷없이 나타난 금발 양아치가 그녀에게 말을 걸었다.

그러고 보니 이 녀석도 저번에 이 가게에 있었지. 혹시 단골인 걸까?

"……어머나, 아무래도 다른 분과 착각하신 것 같군요. 저는—."

"무슨 소리를 하는 거야, 라라티나. 나야 나, 더스트라고! 전에 함께 파티를 짜서 모험을 했었고, 그 외에도 이런저런 일이 있었잖아! 모르는 척 하지 말라고!"

듀크가 빤히 쳐다보는 가운데, 다크니스는 뒤돌아서더니 그 양아치에게 동전 몇 닢을 건네줬다.

그렇게 쫓겨난 더스트는 약간 불만 섞인 표정을 지었지만 곧 동전을 움켜쥐고 다른 곳으로 향했다.

다크니스는 다시 미소를 짓고 듀크에게 말을 걸었다.

"……초면이면서 이런 식으로 치근대는 분이 요즘 정말 흔한 것 같군요."

"더스티네스 가문의 아가씨께서 나한테 무슨 볼일이지?"

완전히 정체가 들통나버렸네.

나와 아쿠아는 다크니스에게만 보이도록 이제 그만 포기하고 돌아오라는 사인을 보냈다.

하지만 다크니스는 입술을 깨물면서 입을 열었다.

"장난이 좀 심했던 것 같군요. 그럼 다시 자기소개를 하도록 할까요. 저는 더스티네스 포드 라라티나라고 해요. 이 마을을 다스리고 있는 영주의 딸이며, 모험가로서 활동하고 있답니다."

아무래도 자신이 귀족 영애라는 사실을 밝히고 그대로 이어나갈 생각인 것 같았다.

다크니스는 듀크의 옆에 앉더니 점주에게 우아하게 미소를 지었다.

"이 분과 저에게 이 가게에서 가장 고급인 와인을 한 잔씩 내주겠어요?"

"더스티네스 님, 이런 싸구려 술집에는 와인 같은 건 없는뎁쇼."

(카즈마, 웃으면 안 돼! 다크니스는 상류층 아가씨라 이런 가게에 익숙하지 않은 거야! 어쩔 수 없잖아!)

(그러는 너도 히죽거리고 있잖아! 그만 좀 히죽대! 나도 웃음보가 터지겠다고!)

우리뿐만 아니라 주위에 있는 손님들까지 웃음을 참는 가운데, 귀까지 빨개진 다크니스가 입을 열었다.
"저기, 이 가게 메뉴 중에서 가장 비싼 걸……."
"시원한 크림슨 비어 한 통이군요! 감사함다!"
점주는 다크니스의 주문을 받더니 술잔과 함께 나무통을 그녀 앞에 뒀다.
다 끝났어. 다크니스가 하는 짓마다 전부 역효과만 나고 있잖아.
"……대단하군. 너 혼자서 이걸 다 마실 거냐?"
"…………당신과의 만남을 기념해, 이 술집에 있는 사람들에게 한 잔씩 대접할까 해서요……."
다크니스는 몸을 한껏 웅크리고 기어들어가는 목소리로 그렇게 말했다.

—재미있는 광경을 구경하고 만족한 우리는 술판이 벌어진 술집에서 도망친 다크니스와 함께 밤길을 걸었다.
"앞으로는 절대 그런 짓을 하지 않을 거다! 그 듀크라는 자식, 귀족 영애인 나한테 감히 망신을 줘?!"
다크니스는 새하얀 장갑을 벗더니 분노에 떨며 그것을 움켜쥐었다.
"네가 멋대로 자폭한 거잖아. 듀크는 아무 짓도 안 했다고. ……푸하하~!"
"카즈마, 너무 웃지 마. 화장을 한 걸로 모자라 드레스까지 입고도 헛물만 켠 다크니스가 불쌍하잖아! 저기, 다크니스! 내가 보기에는 나쁘지 않았어! 특히 당신과의 만남을 기념해…… 라는 말로 술판을 벌인 부분! 내가 그런 말을 들었다면 비장의 개인기를 선보였을 거야!"

"아아아아아앗!"

다크니스는 양손으로 얼굴을 감싸고 비명을 지른 후, 눈물로 범벅이 된 얼굴을 들면서 말을 이었다.

"하지만 그 남자는 귀족인 내가 유혹을 하는데도 꿈쩍도 하지 않더구나……. 역시 내 안목은 정확했다. 유혹에 약한 어디 사는 누군가와는 전혀 달라. 아무래도 인식을 달리할 필요가 있을 것 같구나……."

다크니스가 심각한 표정으로 그렇게 말하자 아쿠아 또한 진지한 표정을 짓고 입을 열었다.

"저기, 카즈마. 귀족 영애의 오라라는 건 봤어?"

"유감이지만 내 눈에는 보이지 않던걸. 아까 그게 귀족이 배운다는 농락술 같던데, 좀 공부가 됐어?"

내가 진지한 표정을 지으며 그렇게 대꾸하자 다크니스는 나를 향해 장갑을 던졌다.

"확 죽여 버리겠다!"

나는 열 받을 대로 열 받은 다크니스한테서 도망치면서 아쿠아를 비난했다.

"인마, 너무 놀렸잖아! 진짜로 뚜껑 열렸다고!"

"꺄아아아아아앗! 네가 마지막에 한 말 때문에 다크니스가 화난 거니까, 네가 어떻게 좀 해~!"

"둘이서 내 화를 돋궈놓고 서로에게 책임전가 하지 마라! 도망치면 더욱 따끔한 맛을 보여줄 거다! 저택에 돌아가기 전에 대가를 치르는 게 좋을 거다!"

4

다음 날 아침.

이른 아침에 집에 돌아가 보니 밭일을 하고 있던 아쿠아와 마주쳤다.

"이 도주 백수, 이제야 뻔뻔하게 집에 돌아왔네. 나만 다크니스에게 잡힌 바람에 관자놀이 꿀밤을 당했거든? 얼마나 아팠는지 알아?"

다크니스가 너무 무서워서 도주 스킬까지 써가며 도망친 나는, 그대로 외박을 하고 다음 날에 집에 돌아왔다.

"그것보다, 밭에서 이상한 게 자라나고 있는 것 같지 않아?"

"뭐야, 말 돌리는 거야? 내가 혼자서 다크니스의 화풀이 상대가 됐으니까, 진심으로 고마워하는 게 어때?"

나는 아쿠아의 푸념을 흘려듣고 밭에서 몸을 웅크렸다.

밭에서는 피규어만한 크기의 여자애가 자라나고 있었다.

"어이, 만드라고라가 자라나고 있잖아. 이런 마을 한복판에서 이게 비명을 지르면 참사가 벌어질 거라고. 그리고 만드라고라는 내년에 심는다며?"

"씨앗을 싸게 사서 심어보긴 했는데, 이렇게 빨리 자랄 리가 없어. 그럼 대체 이 애는 뭘까? 왠지 외모가 눈에 익네. 식물형 몬스터는 성장이 빠르긴 한데……."

아쿠아의 그 말을 들은 순간, 나는 이게 뭔지 눈치챘다.

"인마, 이건 안락 소녀잖아! 이런 걸 심으면 어떻게 해!"

"자, 잠깐만 있어봐! 나는 행상인 아저씨한테서 산 씨앗을 심었을 뿐이야! 씨앗 값도 엄청 깎아준 그 상냥한 아저씨가 몬스터 씨앗 같은 걸 팔 리가 없어!"

이 멍청이!

"몬스터 씨앗이니까 싸게 판 거라고! 너는 드래곤 알이랍시고 병아리를 산 걸로 모자라, 이번에는 아무 짝에도 쓸모없는 몬스터까지 기르고 있는 거냐?!"

"젤 킹은 병아리가 아니라고 내가 몇 번이나 말했지?! 그것보다 이 애는 어떻게 해? 몬스터를 길렀다간 다크니스가 불같이 화를 낼 거야!"

아무래도 우리는 너무 크게 떠들어댄 것 같았다.

"……어서 와라, 카즈마. 어슬렁어슬렁 집에 돌아오다니 정말 뻔뻔한 놈이구나!"

목소리가 들린 곳을 향해 고개를 돌려보니 집에 돌아온 나를 본 다크니스가 밖으로 나오기 위해 샌들을 신고 있었다.

"카즈마, 다크니스가 이쪽으로 오려고 해! 빨리 저 애를 어떻게 좀 해봐!"

"나는 저 안락 소녀가 다크니스의 눈에 띄어서 살처분되더라도 딱히……."

아쿠아는 확 도망치려 하는 나를 두 손으로 때리면서 외쳤다.

"이 악마! 역시 너는 악마 백수야! 이제 갓 피어난 조그마한 생명을 좀 소중히 여기란 말이야!"

"그러는 너야말로 그 상냥함을 눈곱 만큼만이라도 언데드나 악마에게 베풀어보라고! 아아, 젠장! 이쪽으로 오잖아!"

나와 아쿠아는 다가오고 있는 다크니스의 시야를 막기 위해 안락 소녀 앞에 섰다.

"미안해, 다크니스! 내가 잘못했어! 어제는 너를 너무 놀렸어! 이렇게 사과할 테니까 용서해줘!"

"그래, 다크니스! 어제 일은 그냥 넘어가는 편이 좋지 않겠어? 자, 내가 맛있는 아침밥을 만들어줄 테니까, 빨리 집에 들어가자!"

다크니스는 우리의 말을 듣더니 미심쩍은 표정을 지었다.

아무래도 아쿠아의 태도에서 위화감을 느낀 것 같았다.

그럴 만도 했다. 평소의 이 녀석이라면 어제 자기가 혼난 만큼 나도 혼나게 만들려고 적극적으로 길동무로 삼을 테니까 말이다.

아니나 다를까, 다크니스는 미심쩍은 눈길로 나를 쳐다보고 말했다.

"……대체 무슨 짓을 저지른 거냐?"

"어이, 왜 나를 쳐다보는 건데?! 미리 말해두겠는데, 내가 사고 친 건 몇 번 안 되거든?!"

다크니스가 그 말을 듣고 내 옆을 바라보자 아쿠아는 반사적으로 고개를 휙 돌렸다.

전부터 생각한 건데, 이 녀석은 시치미를 떼는 게 너무 서툴렀다.

"말해봐라! 이번에는 대체 무슨 짓을 한 것이냐!"

"왜 다들 무슨 일만 터졌다 하면 나를 범인 취급하는 건데?! 그런 식으로 넘겨짚는 건 좋지 않다고 생각해!"

아쿠아는 그렇게 말하면서 다크니스를 밭에서 떨어뜨려 놓으려는 듯이 그녀의 가슴을 밀었다.

"자, 잠깐, 왜 나를 이곳에서 떼어놓으려고 하는 것이냐!"

밀려나던 다크니스는 아쿠아와 몸싸움을 벌이다, 문뜩 그녀의 뒤편을 쳐다보았고—.

"……어이."

"아냐."

반사적으로 부정을 한 아쿠아가 표정이 진지해진 다크니스에게 매달렸다.

"아쿠아, 너, 저건, 안락 소……."

"아냐! 이 애는 성장이 좀 빠르고 귀엽게 자란 만드라고라야! 틀림없어! 나는 만드라고라의 씨앗을 사서 심었단 말이야!"

만드라고라와 안락 소녀 중에 뭐가 더 위험한지는 모르겠지만 다크니스는 인상을 한껏 굳혔다.

"그런 걸 심은 것이냐! 그리고 만드라고라는 안락 소녀와 별반 다르지 않단 말이다! 이익! 비켜라, 아쿠아! 이렇게 되면 자아를 가지기 전에 없애버리겠다!"

다크니스는 소매를 걷더니 안락 소녀를 뽑기 위해 다가갔다.

뭐, 이렇게 될 줄 알았어.

마을 안에서 몬스터를 기를 수도 없으니 당연한 말로라 할 수 있지만, 아쿠아에게 악의가 있었던 것은 아니니까 하다못해 고통을 느끼지 못하게 단숨에…….

"안 돼! 이미 이 애한테는 이름을 붙였단 말이야! 만드라고라인 줄 알아서, 데드스크림 블러디마리라는 멋진 이름을……."

"뭐?! 만드라고라한테 그런 이름을 붙여?! 이거 완전 확신범이잖아! 눈곱만큼이지만 동정한 내가 바보였어! 다크니스, 빨리 뽑아버려!"

내가 아쿠아의 머리에 꿀밤을 놓고 있을 때—.

"좋은 아침이에요. 오늘도 아침부터 시끌벅적하네요. 이번에는 또 무슨 사고를 친 거죠?"

어젯밤에 도망을 쳤던 메구밍이 진흙 범벅이 되어서 돌아왔다.

5

목욕을 마친 메구밍이 개운해 보이는 표정으로 밥을 먹고 있었다.

"메구밍은 대체 어디까지 도망갔던 거야? 설마 밤샘 서바이벌을 할 정도로 그 사람을 헌팅 하는 게 싫었던 거야? 그럼 억지로 시키지는 않을게. 그러니까 위험한 데는 가지 마."

"아니에요. 제가 무슨 야생아냐고요. 확실히 헌팅 하는 게 싫어서 이 집을 탈출하기는 했지만, 진흙 범벅이 되어서 돌아온 데는 이유가 있어요."

메구밍은 배가 부르니 마음이 좀 진정된 것인지 한숨 돌리며 입가를 닦았다.

"그 이유가 뭔데? 경험치를 잔뜩 줄 것 같은 몬스터를 발견해서 쫓아갔거나, 어린애한테 네 이름을 바보 취급당해서 확 쫓아가기라도 한 거야?"

"대체 저를 뭐로 보고 그런 소리를 하는 거죠?! 요즘 들어서는 이웃 애들도 저를 이름가지고 놀리지는 않아요. 전부 따끔한 맛을 보여줬거든요."

"저, 저기, 메구밍. 그 아이들의 부모들에게서 항의가 들어온 것은 알고 있느냐? 그때마다 내가 사과를 하러 간단 말이다. 그 점을 헤아려줬으면 한다. 이제 그런 짓은 안 할 거지?”

다크니스가 불안해하며 그렇게 묻는 가운데, 식사를 마친 나는 차를 홀짝이면서 그 이유라는 것을 들었다.

“실은 어젯밤에 이 집에서 탈출한 저는 딱히 갈 곳이 없어서, 아는 모험가를 만나면 등쳐먹을 생각으로 마을 안을 어슬렁거렸는데…….”

정처 없이 마을 안을 돌아다니던 메구밍은 어찌된 영문인지 어젯밤에는 친분이 있는 지인과 마주치지 못한 것 같았다.

그래서 모험가 길드에 가면 아는 사람이 한 명 정도는 있을 거라고 생각해서 가봤더니—.

“융융이 필사적인 표정으로 저번의 시련을 함께 치를 사람을 모집하고 있지 뭐예요. 그래서 제가 또 도와주기로 했죠.”

“뭐, 어떻게 됐을지 상상이 되니까 이야기 안 해도 돼.”

내가 말을 막았지만 메구밍은 눈을 반짝이면서 말을 계속 이었다.

“에이, 제 말을 끝까지 들어봐요. 저도 학습을 했어요. 지난 번 시련에서는 첫 번째 시련인 수수께끼 풀이가 귀찮아서 무심코 마법을 썼어요. 그래서 이번에는 제가 짜증이 치솟아도 마법을 쓰지 않도록 융융에게 미리 지팡이를 맡긴 후, 그냥 그녀를 따라다니기만 하기로 마음먹었어요.”

"호오."

눈에 띄고 싶어 환장한 이 녀석도 나름 성장이라는 것을 했는걸.

"하지만 지난 번 시련에서 실격이 된 융융은 몰라도, 시련소를 박살냈던 저는 이제 파트너로서 참가하는 게 금지되었더라고요. 그래서 어젯밤에 융융과 둘이서 상의한 결과, 한밤중에 남들 몰래 시련을 치르고 사후 승낙을 받는 작전으로 가기로 한 거예요."

이 녀석이 성장했다는 것은 아무래도 내 착각이었던 것 같다.

메구밍은 역시 정신 나간 듯한 소리를 늘어놓기 시작했다.

"어두컴컴한 숲속을 헤치면서 급히 만든 듯한 새로운 시련소에 도착한 저희는 이번에야말로 그 수수께끼 풀이에 제대로 도전했어요. 그리고 홍마족 제일의 천재인 저와 그런 천재의 라이벌을 자처하는 융융이라면, 수수께끼 풀이처럼 머리를 써야 하는 시련 정도는 여유롭게 통과할 수 있을 거라고 생각했죠."

"왠지 불길한 예감만 잔뜩 드네."

내 예상을 뒷받침하듯 메구밍은 고개를 슬며시 돌리고 말을 이었다.

"잘 생각해보니 저희 둘 다 학교를 졸업한 후로는 제대로 된 공부를 한 적이 없었어요……. 그래서 그런지 몇 번을 도

전해도 시련소의 마도구에게 불합격을 당했고, 융융이 짊어지고 있던 지팡이를 빼앗아서 시련소를 확 파괴했더니……. 이번에 도전한 시간대는 밤이라 그런지, 그 소리를 들은 몬스터들이 우글우글 몰려와서……."

"……혹시나 해서 묻는 건데, 홍마족들에게 들키지는 않은 거지?"

내가 머뭇거리면서 묻자 메구밍은 으스대며 대답했다.

"당연하죠. 몬스터들에게서 도망 다니고 있을 때에 마을 사람들이 폭렬마법의 폭음을 듣고 몰려왔지만, 융융의 텔레포트로 몰래 마을에 돌아가서 야식을 먹었어요! 하지만 홍마족들의 마법 지식을 얕봤나 봐요. 다음 날 아침에는 제가 범인이라는 게 들켜서, 마도구를 변상하라고……."

"맞아! 이 녀석의 폭렬마법이야말로 더할 나위 없는 증거잖아! 마법 지식은 무슨! 너 말고 그런 걸 쓸 수 있는 홍마족이 있겠냐고!"

나는 메구밍이 미안해하면서 내민 청구서를 받아들고 거기에 적혀 있는 금액을 건네줬다.

"죄송해요, 카즈마. 다음에야말로 들키지 않도록 조심할게요."

"노력하는 방향이 잘못 됐잖아! 애초에 그런 짓을 벌이지 말라고!"

메구밍은 내가 끓여준 차를 맛있게 마신 후—.

"그런데, 여기서는 무슨 일이 있었던 거죠?"

고개를 갸웃거리고 나에게 물었다.

6

"이, 이걸 어쩌죠?"

"어쩌긴 뭘 어째. 이것에 관해서는 너도 공범이야. 너도 아쿠아와 함께 밭을 일궜잖아."

싹이 튼 안락 소녀를 본 메구밍이 신음을 흘렸다.

"하, 하지만 몬스터의 씨앗이 섞여 있을 줄은 몰랐단 말이에요……."

우물쭈물 변명을 늘어놓는 메구밍의 옆에서는 아쿠아가 내 옷자락을 잡아당기며—.

"저기, 카즈마. 이 애는 내가 어엿하게 키울게. 지금까지 안락 소녀가 나쁜 애로 자란 건 생활 환경이 나빴기 때문이야. 깨끗한 마음을 지닌 이가 애정을 담아 기른다면 올바른 아이로 자랄 거라고 생각해."

—하고 애원을 늘어놓는 것이다.

"아쿠아, 이제 그만 포기해라. 안락 소녀는 몬스터다. 그것도 매년 죽는 사람이 발생할 정도로 위험한—."

"그래! 기르자! 잘 생각했어, 아쿠아! 너, 오늘은 머리가 잘 돌아가는구나!"

나는 아쿠아를 설득하던 다크니스의 말을 막고 그렇게 외쳤다.

그래! 좋은 생각이 났어!

"카즈마 씨, 혹시 좋은 생각이 난 거야? 역시 곤란할 때는 카즈마 씨와 상의하는 게 최고라니깐! 어떤 좋은 생각인지 가르쳐줘!"

나는 의기양양한 표정을 지으며 기뻐하고 있는 아쿠아에게 설명했다.

"좋아. 잘 들어, 아쿠아. 우선 이 안락 소녀를 우리 정원에서 기르는 거야. 그리고 이 녀석의 숫자를 팍팍 늘리는 거지. 안락 소녀는 말솜씨로 여행자를 농락해서 안락사를 시키는 몬스터지? 즉, 공격력은 없어. 하지만 이 녀석들은 엄청 많은 경험치를 주지. 그러니 이 밭에서 이 녀석들을 잔뜩 기른다면, 언제든 손쉽게 레벨업을……."

"이 망할 백수, 너 따위에게 의지하려고 한 내가 바보였어! 카즈마 씨는 인간도 아냐! 나도 완전 질려버리겠거든?!"

말이 너무 심하잖아.

"잠깐만 있어봐. 홍마족에게는 양식이라는, 강한 홍마족이 몬스터를 꼼짝도 못하게 만든 후에 약한 홍마족에게 숨통을 끊게 해서 레벨을 올리는 방법이 있거든? 처음 들었을 때는 나도 질렸지만 결국 그것과 마찬가지잖아? 너희가 얼마 전에 레벨업을 하러 가자며 들들 볶았던 건 벌써 잊은 거냐?!"

"홍마족에게 전해져 내려오는 양식은 강적 상대로 위험을 감수하며 몬스터를 꼼짝 못하게 해요! 이런 반칙 레벨업 방법과 똑같이 취급하지 말아주세요!"

"으, 음, 효율은 좋을 것 같구나. 하지만 그건 너무 비인도적인 것 같다만……."

어이쿠, 다들 완전히 질려버린 것 같군요.

안락 소녀가 얼마나 악랄한 몬스터인지 알기에 이런 제안을 한 건데…….

그러고 보니 이 녀석들도 안락 왕녀 때문에 트라우마가 생겼었잖아.

"저기, 이 애는 일단 제쳐두기로 하자. 그보다 더 큰 문제는 어젯밤에 다크니스가 꼬시려다 차인 바로 그 남자야."

"아, 아쿠아. 차였다는 소리 좀 그만했으면 좋겠다만……."

다크니스가 풀이 죽은 가운데, 아쿠아는 콧김을 씩씩 뿜으면서 선언했다.

"에로 담당인 다크니스에게 넘어가지 않았으니 다음 자객은 로리밍이야. 만약 로리밍의 유혹도 떨쳐낸다면, 나도 그 남자를 인정할 수밖에 없어."

"몇 번이나 말했다시피 저는 절대 싫어요. 그리고 로리밍이라고 부르지 마세요! 그런 소리를 늘어놓을 만큼 아쿠아가 잘났으면, 직접 나서면 되겠네요!"

아쿠아는 그 말을 듣더니 손뼉을 쳤다.

"듣고 보니 그러네. 아름답기 그지없는 이 아쿠아 님의 유혹을 버텨낸다면, 위즈를 향한 그 남자의 마음은 진실할 거야. 좋아. 다크니스는 무리였지만, 내가 직접 나서서 그 남자에게 본때를 보여주겠어!"

"저기, 내가 이런 말을 하는 건 좀 그렇다만, 나는 여자로서 아쿠아에게 진다고 생각하지 않는다! 어이, 아쿠아! 방금 코웃음을 쳤지?! 잠깐 나 좀 보자! 대체 아쿠아는 나를 얼마나 하찮게 여기고 있는 것이냐!"

7

그날 밤.

또 예의 그 술집을 방문한 우리는 벽 쪽의 테이블에서 상황을 살피고 있었다.

"나는 아직 아쿠아 녀석이 남자를 유혹하려 한다는 것 자체가 믿기지 않아. 솔직히 말해 너희 중에서 가장 색기 같은 것과 거리가 먼 녀석이잖아."

내 의견을 들은 다크니스가 몇 번이나 고개를 끄덕이고 말했다.

"하지만 겉모습만 본다면 아쿠아는 아름다우니 결과는 아직 모른다. ……뭐, 그 내용물은 여자로서 꽤 문제가 많다고 생각한다만……."

"하지만 아쿠아를 포함해 저희 모두는 다른 마을에서 헌팅을 당한 적이 있으니까요. 이 마을에는 저희에 대한 부당한 악평이 파다하게 퍼져 있어서 다들 거리를 두려고 하지만, 저희 수준의 미녀 및 미소녀라면 웬만한 남자는 바로 넘어올 거예요. ……카, 카즈마, 왜 아까부터 할 말이 있다는 듯 실실 웃고 있는 거죠?!"

나는 메구밍의 항의를 한 귀로 흘려들으면서 남들의 눈에 띄지 않도록 잠복 스킬로 기척을 지웠다.

그리고 아쿠아와 듀크의 대화를 파악하기 위해 독순술 스킬을 사용했다.

우리 앞에서는 아쿠아가 술에 취한 듯 비틀거리며 듀크에게 다가가고 있었다.

아쿠아는 현재 평소에 입던 날개옷이 아니라 평범한 마을 아낙 같은 옷을 입고 있었다.

느닷없이 기행을 시작한 저 녀석이 무슨 속셈인가 싶어서 쳐다보니 때때로 엉덩이를 흔들어대고 있었다. 아무래도 본인 나름대로 색기 넘치게 걸어보려고 최선을 다하는 것 같았다.

"저기, 은근슬쩍 미남 내음 풀풀 풍기며 혼자 술을 마시고 있는 오빠. 우리 집에 있는 백수 못지않게 한가해서 죽으려는 것 같은데, 나와 술 한 잔 안 할래?"

아쿠아는 초면인데도 불구하고 무례한 단어를 섞어가면서 퍼스트 콘택트를 취했다.

나는 아쿠아가 한 말을 메구밍과 다크니스에게 바로 알려줬다. 한편, 듀크는 성가시다는 듯이 고개를 돌리더니 아쿠아를 보자마자 움찔했다.

뭐, 심정은 이해가 됐다. 기묘한 생물을 본 심정일 것이다.

그 반응을 다른 의미로 착각한 아쿠아는 만면에 미소를 지으면서 듀크의 옆에 앉았다.

"어머나, 이 누님이 너무 아름다워서 깜짝 놀란 거야? 후후, 귀여운 남자애네. 실은 정말 재미있는 이야기가 있거든. 어때? 들어볼 마음 없어?"

혹시 연상의 누님인 척 하고 있는 걸까.

아쿠아가 생각하는 매력적인 여자란 아무래도 저런 느낌인 것 같았다.

방금 한 말이나 행동을 보자면 영락없이 수상한 세일즈우먼이나 다름없는데, 저 녀석은 저렇게 하면 남자를 꼬실 수 있다고 생각하는 걸까.

그리고 다음 순간, 나는 듀크의 입술을 독순술로 읽은 내 눈을 의심했다.

"……호오, 재미있는 이야기라……. 좋지. 어디 한 번 들어볼까. 점주, 내가 살 테니 이 여성에게 술을 한 잔 내다오."

어이, 제정신이야?

잠깐만 있어봐. 저 사나이가 대체 왜 아쿠아 따위의 유혹에—.

"어머나, 고마워라. 실은 나한테 술을 사주고 싶어서 환장을 한 백수 한 마리를 기르고 있는데, 공교롭게도 오늘은 곁에 없거든."

집에 돌아가면 저 녀석에게 따끔한 맛을 톡톡히 보여줘야겠다.

어쩌면 아쿠아는 우리가 감시를 하고 있다는 것을 이미 깜빡한 걸지도 모른다.

내가 두 사람의 대화를 이야기해주자 덜덜 떠는 소리가 들렸다.

옆을 바라보니 다크니스와 메구밍이 새파랗게 질린 얼굴로 덜덜 떨고 있었다.

"거거, 거짓말이 틀림없다……. 그렇지? 카즈마, 거짓말이지? 내 유혹을 주저 없이 거절했던 저 남자가, 왜 아쿠아에게는 술을 사주는 거냐 말이다……. 서서, 설마, 나는 진짜로 아쿠아보다 색기가 없는 것이냐? 아쿠아는 평소에 여성스러움과는 거리가 멀게 행동하던데, 남성은 저런 타입을 선호하는 것이냐……?"

"다, 다크니스, 진정하세요! 술 한 잔 사줬을 뿐이잖아요! 아쿠아는 남한테서 술을 얻어먹는데 도가 텄어요! 그러니까 딱히 신기한 일이 아니라고요!"

두 사람이 평소와 다르게 동요한 가운데, 아쿠아와 듀크는 계속 대화를 이어나가고 있었다.

"그런데, 재미있는 이야기라는 건 뭐지?"

"후후, 성격 한 번 정말 급하네. 좋아. 재미있는 이야기를 해줄게. 이건 이웃사촌인 스톤 씨한테서 들은 건데, 떠돌이 네로이드의 엉덩이를 손가락으로 찌르면 평소보다 1옥타브 높은 목소리로 미야~ 하고 운대. 어때? 몰랐지?"

"……그건 암호냐? 아니면 내가 모르는 언어 같은 건가?"

듀크가 진지한 표정으로 귀를 기울이고 있는데, 나는 이 정신 나간 듯한 대화도 두 사람에게 설명을 해줘야 하는 걸까?

"카, 카즈마, 저 두 사람은 대체 무슨 이야기를 나누고 있는 거죠? 아쿠아의 말에 엄청 관심을 보이는 것 같은데요……!"

"어이, 카즈마. 나는 색기뿐만 아니라 말솜씨로도 아쿠아에게 밀리는 것이냐……. 아쿠아를 우습게 봤던 건 아니다만, 그래도 충격이구나……."

메구밍과 다크니스에게 저 말을 전해주는 것도 바보처럼 여겨지기 시작한 나는, 아쿠아와 듀크의 대화를 파악하는 데 전념했다.

"그럼 이건 알아? 핑크 뮬뮬조개는 이름에 조개라는 단어가 들어가 있지만 실은 말미잘에 가까워. 위험할 때는 조개처럼 보이게 해뒀던 촉수를 회전시켜서, 스크루라도 단 것처럼 고속으로 이동해. 아, 스크루가 뭔지 모르겠지?"

뮬뮬조개는 뭘까. 아무튼 전혀 쓸모없는 지식만 계속 쌓여갔다.

저 녀석은 의미심장한 척이란 척은 다 해놓고 왜 이런 소리나 하는 걸까. 이게 여신의 헌팅 테크닉인 걸까?

"미안하지만 그런 단어는 들은 적도 없다. 솔직히 말하자면 네가 하는 말의 절반도 이해하지 못하겠다만, 나를 현혹하거나 속이려는 것 같지는 않군. 너한테서는 간사함이 느껴지지 않거든. 인간이 거짓말을 할 때는 제 아무리 사소한 거짓말일지라도 사기(邪氣)가 발생하지. 하지만 너는 순수하기 그지없군."

"어머나, 나는 거짓말을 안 해. 그런데 너는 꽤 눈썰미가 좋네. 사람을 보는 눈, 특히 여자를 보는 눈이 뛰어난 것 같아."

"사람을 보는 눈에는 자신이 있는 편이지."

그 눈, 완전 옹이 구멍이거든요?

나는 태클을 날리고 싶은 걸 필사적으로 참았다. 대체 뭐가 어떻게 되고 있는 걸까.

듀크는 신이 뿜는 신성한 오라 같은 것으로 사람의 됨됨이를 판별하는 걸까.

듀크의 말을 듣고 기분이 좋아진 아쿠아가 본론에 들어갔다.

"그건 그렇고 아쉽네. 이렇게 안목이 좋은 사람이 시체애호가라니 말이야. 너, 언데드를 좋아하지? 나는 다 알고 있어."

“말도 안 되는 소리 하지 마라! 내가 언데드를 좋아한다고?! 헛소리 작작해라! 나는 언데드와 악마를 질색한단 말이다!”

…………뭐?

“어이, 카즈마. 왜 그러느냐. 저 두 사람이 대체 어떤 이야기를 나누고 있는 거지?”

“갑자기 안색이 나빠졌네요. 저 남자가 무슨 말을 했기에 그러는 거죠?”

으음, 잠깐만 있어봐. 분명 내가 잘못 들은 게…….

“너, 의외로 나와 말이 통하는구나! 맞아, 언데드와 악마는 소멸시켜야만 해! 특히 악마는 최악이야, 최악! 그런 녀석들의 냄새를 맡기만 해도 화가 치솟는단 말이야.”

“동감이다! 악마라는 녀석들은 생리적으로 받아들일 수가 없지. 대체 왜 그런 놈들이 존재하는 건지……. 이 세계를 관리하는 여신 에리스는 대체 뭘 하고 있는 건지 모르겠군.”

어, 갑자기 상황이 이상하게 흘러가고 있잖아?!

내가 품고 있던 이미지가 점점……!

“어쩔 수 없어. 에리스는 우수한 선배 여신이 없으면 아무것도 못하는 애거든. 혹시 지인과 이런 이야기를 나눌 일이 있으면 그런 소문을 퍼뜨려줘. 아, 그리고 유익한 정보를 알려줄게. 에리스는 가슴에 패드를 넣고 다녀. 이건 아쿠시즈교의 성경에도 실려 있을 만큼 중요한 정보야. 그러니까 다른 사람들에게 꼭 알려줘.”

“에리스가 가슴에 패드를 넣고 다닌다……. 하하하하, 정말 유익한 정보를 들었군! 만약 여신 에리스와 또 만날 기회가 있다면, 그걸로 놀리도록 하지!”

“어이, 카즈마! 설명해라! 저 두 사람, 왠지 엄청 의기투합한 것 같단 말이다!”

“왠지 아쿠아가 즐거워 죽겠다는 표정을 짓고 있거든요? 대체 뭐가 어떻게 되어가고 있는 거예요?”

어찌된 영문인지, 저 두 사람은 어이없는 이야기를 나누며 왁자지껄 떠들고 있었다.

“이렇게 언데드나 악마 이야기를 즐겁게 하는 건 정말 오래간만이야! 술이라도 한 잔 사주고 싶지만, 아쉽게도 용돈이 바닥났네.”

“무슨 소리를 하는 것이냐. 술값은 내가 낼 테니 실껏 마셔라!”

나는 아쿠아가 헌팅에 성공했다는 현실을 받아들이지 못한 채—.

“카즈마, 저 남자가 아쿠아에게 술을 사주고 있다! 이래서야 내가 참패를 한 것이나 다름없지 않느냐!”

“다크니스, 아쿠아가 말한 것처럼 저희는 풋내 나는 꼬맹이였던 거예요. 그게 현실이라고요!”

이 부조리한 광경을, 망연자실하게 쳐다보았다.

"자, 쭉쭉 들이키자~!"

최종장 이 리치에게 진지한 사랑을!

1

아쿠아는 다음 날 아침이 되어서야 돌아왔다.

“그 듀크라는 사람, 꽤 재미있네. 덕분에 즐거운 시간을 보냈어.”

그리고 집에 돌아오자마자 이런 소리를 했다.

“아아아, 아쿠아가, 아쿠아가, 어른이……!”

“아니다, 메구밍. 아쿠아는 원래부터 어른 여성이었던 거다…….”

메구밍과 다크니스가 경외심에 찬 눈길로 아쿠아를 쳐다보는 가운데, 나는 그녀에게 어제 일에 대해 물어봤다.

“너, 어제 무슨 일이 있었어? 너희가 술판을 벌이는 걸 보고, 나는 질려서 집에 돌아왔거든. 그런데 아침이 되어서야 돌아오다니……. 너, 설마……. 아, 아니지? 어른스러운 관계가 된 건 아니지?”

“이제 와서 무슨 소리를 하는 거야? 나는 어엿한 어른 여성이거든? 어른스러운 놀이를 하고 돌아온 거란 말이야."

지, 진짜냐?!

"그릇 안에 주사위를 넣고 흔들어서, 나온 숫자를 가지고 승부하는 게임을 했어. 한 번도 이기지 못했지만 말이야. 그리고 잘은 모르겠지만 카드 게임도 했어. 뭐, 그걸로도 단 한 번도 이기지 못했네."

지, 진짜냐……?

"그리고 돈이 없어서, 게임에서 진 대가는 몸으로 치렀어."

"지, 진짜냐?!!"

내가 고함에 가까운 목소리로 그렇게 외치자—.

"몸이라기보다는 머리로 치렀다고나 할까? 재미있는 정보를 가르쳐주니 빚을 없었던 걸로 해주지 뭐야."

"너, 너어……."

아쿠아는 오른손을 앞으로 내밀면서 말을 이었다.

"먹을 수 있는 조개 종류, 빨면 달콤한 꿀이 나오는 꽃 같은 걸 가르쳐줬는데, 그걸로도 부족하지 뭐야. 카즈마 씨, 필요 경비인 셈 치고 내가 진 빚 좀 대신 갚아줘."

"인마, 오해하기 딱 좋은 소리 좀 작작해. 진짜로 깜짝 놀랐잖아."

내가 에리스 금화가 들어있는 조그마한 주머니를 내밀자 아쿠아는 희희낙락하면서 그것을 받았다.

"……그건 빚 갚으라고 주는 돈이야. 그걸로 또 내기를 해서 날린 돈을 되찾자는 생각은 하지 마."

"…………저기, 카즈마. 도박은 물때 같은 거야. 나는 엄청 졌잖아? 즉, 더는 질 리가 없어. 그러니까 안심해."

"좋아. 그 돈 도로 내놔. 내가 듀크에게 주고 오겠어."

내가 돈이 든 주머니를 되찾기 위해 아쿠아와 몸싸움을 벌이고 있을 때였다.

"그런데 아쿠아. 그 듀크라는 남자는 어땠나요? 성실하고 일편단심인 미남이라는 이미지와는 거리가 먼 것 같은데 말이죠."

"맞아. 뭐랄까, 진정한 여성을 꿰뚫어보는 안목을 지닌 어른 남성 같은 느낌이었어. 나한테 비하면 풋내 나는 꼬맹이나 다름없지만, 아직 어린애인 위즈한테는 버거울 거야. 뭐, 그래도 언데드와 악마를 싫어하는 걸 보면 심성이 나쁜 사람은 아닐 거야."

"아니 언데드를 싫어한다는 것만으로도 앞뒤가 안 맞잖아. 정말 괜찮은 거야?"

아쿠아는 흥 하고 코웃음을 치며 말했다.

"괜찮아. 위즈는 언데드지만, 항상 몸을 청결하게 유지하기 때문에 썩는 냄새도 나지 않잖아. 그리고 그런 건 사소한 일이야!"

"카즈마, 저기 말이다. 아쿠아가 높이 평가하니까, 오히려 그 남자가 수상쩍다는 생각이 든다만……."

기묘한 우연도 다 있네. 나도 그래.

"하지만 우리는 그가 어떤 남자인지 멋대로 조사했을 뿐이야. 앞으로 어떻게 할지는 위즈가 결정해야 해. 게다가 아쿠아에게 헌팅을 당하고도 같이 술만 마셨을 뿐이잖아? 나도 알고 지내는 여자 모험가와 같이 술을 마시는 일이 자주 있다고. 그 정도로는 바람기가 있다거나 헤프다고 단정 지을 수 없어."

"그 정도로도 충분히 바람기가 있고, 헤프다고 생각하는데요……."

내가 도끼눈으로 쳐다보는 메구밍 때문에 겁에 질려있을 때—.

"나, 실은 어제 위즈의 지인이라는 걸 듀크에게 밝혔어. 그랬더니 듀크가 위즈에게 편지를 전해달라고 부탁하지 뭐야. 그리고 악마를 싫어하는 사람 중에 악인은 없어! 자, 마도구점에 가자!"

텐션이 하늘을 찌를 듯한 아쿠아가 힘찬 목소리로 그렇게 말했다.

2

마도구점의 문을 여니 인형탈이 카운터에 서서 가게를 보고 있었다.

“『세이크리드 하이니스 엑소시즘』~!”

“제레실트를 볼 때마다 정화시키지 마라! 부활시키는 데도 꽤 힘이 든단 말이다!”

아쿠아가 제레실트와 마주치자마자 정화시키는 광경을 본 바닐이 고함을 질렀다.

아무래도 아쿠아는 인형탈을 소멸시키는데 재미가 들린 것 같았다.

“지금 중요한 건 그런 게 아냐! 위즈에게 전해줄 편지가 있으니까, 빨리 그 애를 불러와!”

“위즈라면 가게 뒤뜰에서 꽃과 노닥거리고 있다. 진짜 눈 뜨고 못 봐주겠으니 빨리 결판을 내서 나를 즐겁게 해줬으면 좋겠군.”

바닐은 인형탈을 소생시키면서 가게 뒤편을 손가락으로 가리켰다.

아쿠아는 편지 같은 것을 꼭 움켜쥐고 가게 뒤뜰을 향해 뛰어갔다.

“어이, 바닐. 너, 듀크라는 남자를 내다봤지? 그때 왜 그렇게 그 녀석을 칭찬한 거야? 그때는 진정한 사나이라고 생각했는데, 그 녀석은 악마와 언데드를 질색하는 것 같더라고. 대체 뭐가 어떻게 된 거야?”

“그 질문에 미리 답해버리면 재미가 없겠지. 후하하하하하. 이 몸은 거짓말을 하지 않는다. 이 몸이 일전에 내다본

대로, 얼간이 점주가 그 남자의 마음에 응하는 순간, 그 무엇도 범접할 수 없을 만큼 최고의 환희와 행복을 누리는 자가 이 세상에 탄생하지. 그것만은 틀림없다. 악마는 거짓말을 하지 않거든. 그러니 고대하고 있어라!"

바닐이 흥분에 찬 어조로 그런 말을 늘어놓자 불길한 예감이 더욱 강해졌다.

아쿠아가 칭찬하고, 악마가 칭송하는 듀크라는 남자.

그 점에서 나는 엄청난 위화감을 느꼈다.

그리고 바닐이 숨을 불어넣고 있는 인형탈이 점점 부풀어 오르는 가운데, 메구밍은 흥미롭다는 듯 그 광경을 쳐다보고 말했다.

"그런데 왜 이 펭귄이 가게를 보고 있는 거죠? 여기서 일하기로 한 건가요?"

"원래부터 도움이 안 되던 얼간이 점주가 요즘 들어 더 쓸모가 없어져서 말이지. 그래서 겉보기에는 애교 있게 생긴 제레실트에게 점원을 시켰다만……. 뭐, 얼마나 쓸모없어졌는지는 직접 보면 이해가 될 거다."

나는 바닐이 한 말을 이해하지 못한 채 고개를 갸웃거렸다.

"그러고 보니 아직 당신에게는 자기소개를 안 했군요. ……내 이름은 메구밍! 액셀 제일의 마법사이자 폭렬마법을 펼치는 자! 아쿠아에게 너무 정화당해서 내용물이 완전히 사라져버리지 않도록 조심하세요."

"홍마족 아가씨, 나는 제레실트라고 하네. 아마 이 가게에 자주 드나들게 될 것 같으니 앞으로 잘 부탁하지."

인형탈의 날개를 움켜쥐며 악수를 나눈 메구밍은 약간 인상을 쓰면서 말했다.

"앞으로 저를 부를 때는 홍마족 아가씨가 아니라 메구밍이라는 이름으로 불러주세요. 혹시 저의 멋진 이름 가지고 뭔가 할 말이라도 있는 건가요?"

"그, 그런 건 아닌데……. 악마족에게 이름이라는 것은 소중한 거라네. 그래서 자신이 인정한 상대만 이름으로 부르게 되어 있지……."

이름에 관해 민감한 편인 메구밍은 인형탈을 향해 얼굴을 쑥 내밀며 말을 이었다.

"하지만 다크니스는 더스티네스 경이라고 이름으로 부르잖아요?"

"그, 그건, 더스티네스 경을 어엿한 귀족 영애로 인정했기 때문에 이름으로 부르는 것이라고 할까……."

인형탈에게 이름으로 불린 다크니스가 기쁜지 약간 히죽거리는 가운데, 위즈를 데리고 돌아온 아쿠아가 힘없는 목소리로 말했다.

"나 왔어……."

어찌된 영문인지 아쿠아의 얼굴에서 피로가 묻어났다.

그리고 당사자인 위즈는—.

"어머, 카즈마 씨. 어서 오세요."

왠지 가라앉은 것 같으면서도 약간 들뜬, 그런 불가사의한 표정을 짓고 있었다.

"—저, 그 후로 진지하게 생각해봤어요. 듀크 씨의 마음에 응해야 할지, 아니면 여기서 바닐 씨의 소원을 이뤄주기 위해 함께 가게를 운영해야 할지를 말이에요……."

"이 몸이 몇 번이나 말했다시피, 그대가 시집을 가주는 편이 가게 경영에는 도움이 될 거다."

위즈는 바닐의 말을 무시하고, 눈가에 눈물이 맺힌 채로 비극의 히로인이라도 된 듯이 과장스럽게 한탄을 하기 시작했다.

"아아, 매일 평화롭게 이 가게를 운영하고 있었을 뿐인데, 이런 상황에 처하다니……. 아쿠아 님, 저는 어쩌면 좋을까요? 바닐 씨는 저를 필요로 해요. 하지만……."

"필요한 건 그대의 마법이지, 경영 능력이 아니다."

바닐이 방금 한 말도 무시한 위즈는 창밖을 쳐다보고 유리에 손을 짚으면서 말했다.

"하지만! 듀크 씨는 저를 필요로 하는 게 아니라 제가 아니면 안 된다고, 저 이외의 다른 사람은 안중에도 없다고 말씀하셨어요……."

"저기, 그런 말은 하지 않았던 것 같은데……."

"말씀하셨어요! 아쿠아 님, 제가 어떻게 하면 좋을까요? 제가 어떤 길을 선택해야 할까요……?"

내 태클마저도 무시한 위즈는 왠지 맥이 빠진 아쿠아에게 매달렸다.

"으음, 그 남자는 정말 괜찮은 사람 같아 보였거든? 그러니까 그쪽을 추천하고 싶네."

"그랬군요! 아쿠아 님이 보기에도 괜찮은 사람이었나요! 그런 분이, 저를……."

말끝을 흐리며 우후후 하고 이상한 웃음을 흘리고 있는 위즈를 본 내가, 바닐에게 물었다.

"어이, 위즈가 왜 저러는 거야? 네가 이상한 걸 먹인 거지?"

"말도 안 되는 소리 하지 마라. 이 몸 또한 점주의 저 차마 눈뜨고 못 볼 꼬락서니 때문에 걱정이 된 나머지, 요즘 들어서는 다소 제대로 된 것을 먹여주고 있지. 그랬더니…… 어찌된 영문인지 저 질환 점주는 이 몸이 자기를 잡기 위해 평소보다 상냥하게 대해주는 거란 착각에 빠지더구나."

너도 고생이 많구나.

"아하. 그래서 내버려뒀더니 요 모양 요 꼴이 된 거구나."

"그렇다. 날이 갈수록 저렇게 머릿속이 꽃밭으로 변해가고 있지. 저렇게 된 후로는 이상한 물건을 가게에 들이지 않게 되어서, 영업에 방해되지는 않는다만……. 악마에게는 웬만한 마법보다 정신공격이 훨씬 효과적이라서 말이다……."

우리가 하는 말이 귀에 전혀 들어오지 않는 위즈는 자기를 좀 신경써달라는 듯이 바닐을 힐끔힐끔 쳐다보았다.

악마인데도 인간미 넘치는 한숨을 땅이 꺼져라 내쉰 바닐은 들뜬 위즈에게 말을 건넸다.

"발정 점주여, 그 남자가 그대에게 보낸 편지는 받았지? 그럼 빨리 가서 결판을 내고 와라. 그리고 평소 모습으로 되돌아와서, 이 몸과의 계약을 이행하란 말이다!"

위즈는 그 말을 듣더니—.

"……그럼, 적자만 내는 저에게 계속 점주를 해달라는 말인가요?"

"이 몸이 점주를 하겠다고 해봤자, 그대는 들은 척도 하지 않을 것이지 않느냐."

바닐은 입가를 일그러뜨리며 지긋지긋하다는 투로 그렇게 말했다. 하지만 바닐은 방금 그 말을 통해 처음으로 자신의 의사를 표시했다.

위즈가 이대로 계속 점주를 해줬으면 한다.

그런 의미인 것이리라.

"바닐 씨는 츤데레네요."

"성별이 없는 악마에게 츤데레 같은 게 있을 리가 없지 않느냐. 기분 나쁜 소리 하지 말고 빨리 갔다 와라. 이 몸은 내다보는 악마다. 오랫동안 알고지낸 그대가 어떤 결단을 내릴 생각인지 정도는 힘을 쓰지 않더라도 예측할 수 있지. 다소 고전하겠지만 걱정하지 마라. 그대라면 분명 이길 수 있다. 이 몸은 상품을 매입하러 갈 거다만……."

이제부터 무슨 일이 일어날지, 그리고 그 결과 또한 이미 알고 있는 것이리라.

자칭 내다보는 악마이자, 속이 배배 꼬인 지옥의 공작은—.

"그 일이 끝나면, 나도 그곳으로 가도록 하지. 이 몸은 그대가 마음에 들거든. 오늘은 마음껏 즐기도록 할까. 그걸로 최근에 그대가 낸 엄청난 적자는 눈감아주도록 하지. 그대는 인간이었던 시절에도 이 몸과 대등하게 싸운 적이 있다. 그런 그대가 겨우 그 정도의 남자에게 질 리가 없지. ……자, 다녀와라!!"

그렇게 말하더니 미소를 짓고 있는 위즈를 쳐다보며 자신만만한 웃음을 터뜨렸다.

"예!"

3

위즈가 받은 편지에는 듀크가 어느 장소에서 기다리고 있겠다는 내용이 적혀 있었다.

그곳은 바로 마을 밖에 있는 공동묘지다.

사랑을 고백하기에는 정말 무드가 없는 장소였다.

바닐이 마치 결투라도 하러 가는 자를 배웅하는 말을 입에 담자, 나는 듀크가 지금까지 했던 말을 떠올렸다.

사실 요즘 들어서 쭉 위화감을 느끼고 있었다.

퍼즐이 딱 맞아 들어가지 않는 것 같다고 할까, 단추를 잘못 채운 것처럼 말이다…….

듀크는 그때, 분명 이렇게 말했다.

『자, 이제 됐지? 얼음의 마녀여, 나와 승부를 해줘야겠다!』

……그 뒤에 뭐라고 말했는지도 떠올려봐.

『왜냐고? 뻔하지 않느냐! 너에게 내 실력을 보여줘서, 지금 하는 일을 관두게 하기 위해서다!』

응. 분명 그런 말로 프러포즈를 했어.

…………프러포즈?

어, 잠깐만 있어봐.

이게 진짜로 프러포즈야?

하지만 위즈는 이 말을 듣고 당황하더니 분명 이런 말을 했었어.

『저저, 저한테, 집에 들어앉으라는 건가요……?!』

……그런 말은 하지 않았다.

위즈가 멋대로 그렇게 받아들였을 뿐, 듀크는 그런 말을 하지 않았다.

그리고, 마지막에는 이렇게 말했다.

『네 일은 내가 이어받겠다! 그럼 간다! 이…….』

그 순간, 위즈가 텔레포트를 하면서 승부가 유야무야됐던 것이다.

……어라, 이거 좀 이상하지 않아?!

—내가 그런 생각을 하는 와중에도 우리는 듀크가 말한 장소를 향해 몰려갔다.

"저기, 위즈. 그 듀크라는 사람이 나한테 술을 사줬어."

"예엣?! 아, 아쿠아 님, 뭐가 어떻게 된 거죠?! 그 분은 일편단심인 분이라고 여러분이 말씀하셨잖아요……!"

이것은 어디까지나 프러포즈.

이것은 어디까지나 고백이다.

"그게 말이야. 진짜로 일편단심인 사람인지 시험해봤거든? 그런데 매력이 철철 넘치는 내 유혹을 견뎌낼 수가 없었던 건지 아침까지 술을 마셨어. 그래도 안심해. 성희롱은 안 당했고, 카즈마 씨한테서 항상 느껴지던 나쁜 기운도 그 남자한테서는 느껴지지 않았어."

"그, 그랬나요……. 하지만 저는 이미 뭐라고 대답할지 정했으니 괜찮아요, 아쿠아 님."

하지만 바닐의 태도도 신경이 쓰였다.

그 녀석은 분명 이렇게 말했다.

『그대가 그 남자의 마음에 응하는 순간. 그 무엇도 범접할 수 없을 만큼 최고의 환희와 행복을 누리는 자가 이 세상에 탄생할 것이다!』

……평범하게 생각해보자면 그 말은 위즈와 듀크가 행복해진다는 의미지?

하지만 악마인 그 녀석이 남이 행복해지는 조언을 과연 해줄까?

"그래? 내 매력을 거부하지는 못했지만, 에로 그 자체인 다크니스의 엉큼한 유혹은 딱 잘라 거절하던걸? 그런 걸 보면 일편단심 포인트는 상당한 것 같아."

"그, 그런가요……."

"어이, 아쿠아! 나를 비교 대상으로 삼지 말아다오!"

내가 생각에 잠겨 있을 때, 메구밍이 내 등을 손가락으로 톡톡 두드렸다.

"무슨 일 있어요? 가게를 나선 후부터 계속 생각에 잠겨 있는 것 같던데요."

"……아, 왠지 엄청 불길한 느낌이 들어서 말이야……. 내 기분 탓이면 좋겠지만, 경우에 따라서는 피가 비처럼 내릴지도 모를 것 같거든."

내가 그런 불안을 느끼고 있는 와중에도 메구밍은 지나친 생각이라는 듯이 웃음을 흘렸다.

"걱정하지 마세요. 그 듀크라는 사람이 얼마나 강한지는 모르겠지만, 저희는 지금까지 그 어떤 상대도 전부 쓰러뜨렸잖아요. 그리고 이번에는 반칙급의 힘을 지닌 리치, 위즈도 있어요. 게다가……."

메구밍은 말을 잠시 멈추더니 내 불안을 날려버리려는 것처럼 미소를 짓고 말을 이었다.

"게다가 상대가 그 어떤 존재라도, 제 폭렬마법으로 날려버려서 카즈마를 지켜줄게요. 그러니까 안심하세요."

"으, 응……."

정말 고마운 말이지만, 내가 느낀 불안과는 약간 핀트가 어긋나고 있었다.

4

액셀 마을에서 조금 떨어진 곳에 있는 공동묘지.

그러고 보니 이곳은 우리가 위즈를 처음 만난 장소다.

그렇게 생각하니 무드가 있는 것도—.

"아냐. 눈곱만큼도 없어."

"응? 갑자기 무슨 소리를 하는 거야?"

약속 장소에 가보니 그곳에는 이미 듀크가 와있었다.

낡은 로브와 망토를 걸친 그는 이제부터 프러포즈를 하려는 이와는 거리가 멀어 보였다.

듀크는 위즈와 함께 온 우리를 보더니 깜짝 놀란 것처럼 눈을 치켜떴다.

"거기 있는 사토 카즈마는 그렇다 치고, 그 외에도 아는 얼굴이 몇 명 있군. 더스티네스 가문의 아가씨와……. 밤새도록 뮬뮬조개에 대해 이야기했던 벗이지 않느냐……."

뮬뮬조개가 대체 뭔데?

그리고 웬 벗? 내가 모르는 사이에 거 되게 친해졌네.

우호적인 눈길로 아쿠아를 쳐다보던 듀크는 곧 진지한 표정을 지으며 위즈를 향해 고개를 돌렸다.

로브 차림인 듀크와 다르게, 위즈는 현재 지난번과 마찬가지로 예쁘게 꾸미고 나왔다.

"내가 이런 말을 하는 것도 그렇지만, 그런 옷차림으로 괜찮겠나?"

"이런 일에는 생소한 편이라 부끄럽지만, 이래 봬도 이게 제 승부복이에요……."

위즈는 부끄러워하는 어조로 그렇게 말했고 듀크는 고개를 끄덕였다.

"실례했군. 나를 얕보는 거라고 생각했거든."

"그, 그렇지 않아요! 저도 이런 일은 처음 겪는 거라…… 이런 옷에 익숙하지 않아요. 저기, 죄송해요……."

위즈가 몸을 약간 웅크리며 그렇게 말하자 듀크는 한순간 놀란 표정을 지었다.

“그래. 어중간한 실력을 지닌 모험가라면 다소 얕보일 때도 있겠지만……. 너는 명성이 대단했으니까 말이야. 얼음의 마녀라는 이름을 듣는다면, 웬만한 모험가들은 겁을 집어먹으며 도전을 못하겠지…….”

“그, 그래요! 진짜로 그렇다니까요! 다들, 저를 두려워해요……! 저는, 그런 사람이 아닌 데도요……!”

“윽?! 그, 그러냐……. 잘은 모르겠지만, 너도 고생이 많은가 보군…….”

위즈는 울상을 지으며 그렇게 말했고 듀크는 움찔했다.

바닐에게 들은 이야기에 따르면 위즈는 모험가 시절에 지나치게 활약한 나머지 헌팅을 당한 적도 거의 없다고 한다.

듀크는 마음을 다잡더니 위즈를 향해 자신만만한 미소를 지었다.

“그럼 슬슬 시작해볼까. 우리 사이에 더 이상의 말은 필요 없겠지. 아니면 이전처럼 또 도망칠 거냐?”

듀크가 그렇게 말하자 평소 항상 얌전하고 주눅 든 인상이던 위즈는―.

“도망치지 않아요. 이번에는 듀크 씨의 마음에 제대로 답할 생각이에요.”

“호오!”

위즈는 그렇게 말하면서 두 손으로 앞으로 모은 채 듀크를 똑바로 쳐다보고 말을 이었다.

"저는 지금 하는 일을 관둘 생각이 없어요. 이것만은 절대 양보할 수 없어요. 왜냐하면……."

위즈는 배시시 웃으면서—.

"오랫동안 함께 해온 괴짜 친구와 나눈, 소중한 약속이니까요."

단호한 어조로 딱 잘라 말했다.

듀크는 그 말을 듣고 호전적인 미소를 짓더니 위즈를 똑바로 쳐다보고—.

"과거 얼음의 마녀라 불리며, 최고의 모험가 파티를 이끌던 자여. 지금은 언데드가 되었으면서도 마도의 진수를 추구하고 있는 자여. 내 이름은 듀크. 나도 너와 마찬가지로, 언젠가 마도의 진수에 도달하려 하려 하는 자다. 언데드의 왕, 리치여! 너에게 결투를 신청한다!"

힘찬 목소리로, 결투를 신청했다—.

5

"『인페르노』!"

"『프리즈 거스트』!"

공동묘지 옆의 탁 트인 장소에서, 활활 타오르는 업화(業

火)와 순백의 안개가 휘몰아쳤다.

듀크가 날린 불꽃 마법과 위즈의 얼음 마법이 격돌하면서 주변의 지면이 엉망진창으로 변했다.

주위가 새하얀 성에로 뒤덮이는 가운데, 때때로 대지가 펄펄 끓어올랐다.

우와, 장난 아니네! 이게 진정한 마법사들의 대결이구나!

“어이, 아쿠아. 나 지금 엄청 감동을 느끼고 있어. 바로 이거야. 이게 바로 판타지라는 거라고! 채소가 날아다니거나, 밭에서 꽁치가 나거나, 몬스터가 미인계로 사람을 함정에 빠뜨리려고 하는 건 판타지가 아냐! 이런 진정한 마법이야말로 이세계 느낌을 물씬 풍긴다고!”

“잠깐만요, 카즈마. 방금 그 말은 폭렬마법은 진정한 마법이 아니라는 것처럼 들리거든요? 카즈마는 저렇게 초라한 마법보다 훨씬 엄청난 걸 매일 보잖아요.”

내가 감동에 사로잡히자 메구밍이 찬물을 끼얹으려는 듯 그렇게 말했다.

“강적이든 뭐든 가리지 않고 먼저 한 방 쏴재끼는 쪽의 승리 같은 건 내가 원하는 마법 전투가 아냐. 폭렬마법에는 운치라는 게 없다고. 파워 밸런스나 힘겨루기 같은 것도 없이 그냥 명중시키기만 하면 되는, 모 아니면 도의 도박 같은 거잖아."

"뭐라고요?!"

메구밍은 발끈했지만 나는 개의치 않았다.

내가 갈구해온 판타지 배틀을 이 눈에 똑똑히 새겨야 한다!

"크, 역시 얼음의 마녀군! 『크림슨 레이저』!!!!"

"『크리스털 프리즌』! 듀크 씨, 멈추세요! 부탁이에요! 대화로 이 문제를 해결해요!"

듀크가 날린 붉은 레이저 광선이 위즈의 앞에 생겨난 얼음 덩어리에 명중하면서 사방으로 빛을 흩뿌렸다.

일전에 홍마의 마을에 갔을 때도 다양한 상급 마법을 봤지만, 마법사들이 결투라는 미명 아래 서로를 향해 마법을 사용하며 실력을 겨루는 광경은 보는 이를 끓어오르게 만들었다.

애니메이션에서나 본 광경이 눈앞에서 펼쳐지는 가운데, 나는 귀에 익은 영창을 듣고 바로 메구밍을 말렸다.

"너, 대체 뭘 하려는 거야?! 왜 이 중요한 순간에 가만히 있지 못하는 건데?!"

"카즈마가 폭렬마법보다 저렇게 약해빠진 마법에 더 흥미를 보이니까 이러는 거예요! 다른 마법사가 펼치는 마법을 카즈마가 눈을 반짝이며 쳐다보는 광경이 눈에 들어오니 왠지 가슴이 아파요! 저번에 카즈마가 다크니스의 유혹에 넘어갈 뻔했을 때도 이런 감정을 느끼지는 않았단 말이에요!"

"네 질투의 기준은 대체 어떻게 되어먹은 거야?! 남의 진지한 결투를 방해하지 말고 잠자코 구경이나 해!"

아무래도 메구밍은 폭렬마법으로 두 사람 다 한꺼번에 날려버릴 심산이었던 것 같았다.

나는 마법을 영창하던 메구밍을 그대로 지면에 쓰러뜨리며 제압했고 그녀는 버둥거렸다.

한편, 듀크와 위즈는 쉴 새 없이 이동하더니 주위의 나무를 방패로 삼으면서 서로를 마법으로 공격했다.

아니 정확하게는―.

"왜 제대로 공격하지 않는 것이냐! 나를 얕보고 이러는 것이냐!? 『라바 스웜프』!!"

"『프리즈』! 『파이어 레지스트』! 아뜨……!! 저는 당신을 쓰러뜨릴 생각도 없고, 지금 하는 일을 관둘 생각도 없어요! 리치는 마법에 뛰어난 내성을 지녔어요! 당신이 포기할 때까지, 그 어떤 마법이든 전부 견뎌내겠어요!"

위즈는 자신의 발치가 용암으로 된 늪으로 변하자, 프리즈로 식혀서 한순간 늪을 굳힌 후에 불에 대한 내성을 상승시켜주는 마법을 펼치며 그 늪에서 탈출했다.

하염없이 공격 마법만을 연이어 펼치는 듀크와 다르게, 위즈는 다양한 마법을 절묘하게 구사하고 있었다.

"저기, 카즈마. 크루세이더인 내가 저 두 사람의 결투를 말리는 편이 좋을 것 같지 않느냐? 보아하니 위즈는 이 결투를 내키지 않아 하는 것 같다. 그러니 내가…….”

“『바인드』! 됐으니까 너도 가만히 있어! 그리고 너는 그저 재들이 펼치는 상급 마법을 맞아보고 싶은 것뿐이잖아!”

“크윽……! 이런 상황에서 바인드로 나를 묶어버리다니 너는 어떻게 해야 내 심금을 울릴 수 있는지 잘 알고 있구나……!”

승부에 초를 치려 하는 다크니스를 바인드로 묶은 후 나는 위즈를 향해 외쳤다.

“위즈, 이제 그만 제대로 싸워! 네가 그러는 건 상대에게도 실례라고!”

그리고 나에게 더욱 열띤 배틀을 보여줘!

“이 멍청이가 무슨 소리를 하는 거야?! 메구밍과 다크니스를 방해할 짬이 있으면, 위즈를 엄호하란 말이야!”

아쿠아가 그런 소리를 늘어놓고 있지만 내가 보기에 실력은 위즈가 더 뛰어났다.

즉, 위즈가 질 리가 없다. 그러니 다양한 게임을 즐겨온 게이머의 본성에 따라, 이 광경을 전부 눈에 새겨두고 싶은 것이다……!

“하, 하지만, 그렇게 정열적으로 저에게 고백한 사람과 싸울 수는……!”

위즈는 내 말을 듣더니 갈등에 빠진 채 그렇게 말했다.

하지만 바로 그때였다.

지금까지 초조한 표정을 하고 필사적으로 마법을 사용하

던 듀크는 각오를 다진 표정을 짓더니—.

"역시 나를 얕보고 있는 것 같군! 그렇다면 더는 여유를 부리지 못하게 해주지! 이건 어떠냐? 『생추어리』!"

듀크는 그렇게 말하면서 묘지 전체를 뒤덮는 크기의 성스러운 마법진을 펼쳤다.

"어엇?! 아야야야야야야!"

위즈는 듀크가 느닷없이 펼친 신성 마법에 대처하지 못하고 정통으로 맞았다.

마법진에서 조용히 흘러나온 빛의 입자가 위즈의 몸에 닿을 때마다 빛을 뿜었다.

"신성 마법? 어이, 아쿠아. 아크 위저드는 신성 마법을 못 쓰지?"

"당연하잖아? 신성 마법을 쓸 수 있는 건 프리스트와 아크 프리스트, 그리고 크루세이더뿐이야. 하지만 저 사람은 상급 마법도 썼지? 어째서 신성 마법을 쓸 수 있는 걸까?"

우리가 그런 의문을 느끼고 있을 때 듀크는 위즈를 노려보며 손을 뻗었다.

마법진에 마력을 쏟은 건지, 지면에 펼쳐진 마법진에서 뿜어져 나오는 입자의 기세가 더욱 강렬해졌다.

"으으으윽……! 듀크 씨, 저와 처음 만났을 때의 일을 떠올려 보세요! 당신은 로브를 벗고 저에게 알몸을 보여주려고 했었잖아요……!"

"말도 안 되는 소리 하지 마라! 여기에는 모르는 인간이 있으니 벗지 않는다만, 내가 그런데는 다 이유가 있다!"

그러고 보니 아쿠아가 신성 마법을 위즈에게 썼을 때는 바로 정화될 뻔 했었다.

듀크가 쓴 신성 마법은 아쿠아가 사용하는 신성 마법보다 약한 것 같았다.

위즈는 옅은 빛을 견뎌내면서 계속 호소했다.

"듀크 씨. 당신은 그 다음에 저를 만났을 때, 이렇게 말했어요……. 『나는, 너만을 생각하며, 일편단심으로 이 몸을 단련해왔다!』고요. 그 외에도 『너에 대한 거라면 뭐든 다 알고 있다! 이 세상에서 그 누구보다 너를 이해하고 있는 사람이 바로 나라고 해도 과언이 아니지!』라고도 말했죠……! 다른 사람이 저를 이렇게까지 생각해준 건 처음이었어요……!"

"대체 무슨 소리를 하는 거지?! 그것보다, 이제 그만 전력을 다해라! 아무리 너라도, 이대로 있다간 소멸되고 말 거다!"

듀크는 당혹스러운 표정을 짓더니 반격을 하지 않는 위즈를 향해 그렇게 외쳤다.

위즈는 그 말을 듣고 마치 철없는 개구쟁이를 달래려는 듯이—.

"솔직히 말하자면, 당신의 말을 듣고 아주 조금 기뻤어요. 하지만 저는 지금 하고 있는 일을 관둘 생각은 눈곱만큼도 없어요. 게다가, 저는 아직 당신에 대해 잘 알지 못하죠. 그러니까…….”

열은 빛을 뿜는 입자를 견디면서 상냥한 미소를 짓더니 위즈는 이렇게 말했다.

“우선 친구 사이로 시작하는 건 어떨까요……?”

주위에 정적이 감돌았다.

듀크는 자신이 무슨 말을 들은 건지 모르겠다는 표정을 짓고 있었다.

“좋아! 말 한 번 잘했어, 위즈! 그래! 느닷없이 결혼부터 하고 보는 건 성급하긴 해!”

“……뭐?”

아쿠아는 환성을 지르며 그렇게 말했고 듀크는 메마른 목소리로 그렇게 말했다.

그리고 듀크의 집중이 풀린 건지 묘지를 뒤덮고 있던 마법진이 힘을 잃고 사라졌다.

“뭐, 그게 가장 원만하게 사태를 수습할 방법일지도 모르겠구나……. 듀크라고 했나? 저기, 일전에는 너를 시험해볼 요량으로 헌팅을 하려고 했던 거다. 나를 헤픈 여자로 오해하지 마라. 아무튼, 잘 됐구나. 차이는 것보다는 나을 테니까 말이다.”

“…………뭐?”

다크니스가 웃으면서 그렇게 말하자, 듀크는 영문을 모르겠다는 목소리로 같은 말을 또 입에 담았다.

"저는 위즈가 나름 최선을 다했다고 생각해요. 그리고 듀크라고 했죠? 당신은 안심해도 돼요. 아무래도 착각을 한 것 같은데, 위즈는 이제 유령 퇴치 아르바이트나 이 묘지의 유령을 달래는 일을 하지 않아요. 그러니 걱정하지 마세요."

"………………뭐어?"

메구밍이 쓴 웃음을 지으며 그렇게 말했지만 듀크는 영문을 모르겠다는 눈길로—.

"아까부터, 친구니 결혼이니 걱정 말라니 같은 소리를 하는 것 같은데, 너희는 대체 무슨 소리를 하는 거지? 진짜로 영문을 모르겠군."

듀크는 당황스러움과 의아함이 뒤섞인 표정을 짓고 혼란에 빠져 있었다.

"너야말로 무슨 소리를 하는 거야? 위즈가 한 말이 무슨 뜻이냐면 말이야. 일을 관두거나 바로 결혼하는 건 무리지만, 우선 친구 사이로 시작하자는 거야. 뭐, 잘 됐네. 일단 차이기는 했지만, 그래도 아직 희망은 남아있는 거잖아."

아쿠아가 그렇게 말하자, 아까부터 영문을 모르겠다는 표정을 짓고 있던 듀크는 서서히 온몸을 떨기 시작하더니……!

"네, 네 놈들, 전부 정신이 나간 거냐?! 내가 왜 언데드인 리치와 결혼을 한다는 것이냐! 어째서 그런 식으로 생각을 한 거냔 말이다! 게다가 친구 사이로 시작해?! 웃기지도 않는 농담 좀 작작해라!”

“예엣?!”

위즈는 듀크의 말을 듣고 충격을 받았는지 고함을 질렀고 아쿠아 일행 또한 낯빛이 달라졌다.

“잠깐만, 차였다고 해도 방금 그 말은 너무한 거 아냐?! 너는 너무 결과에 집착했어! 불쑥 나타난 사람이 결혼하자고 한다고 넙죽 응한다는 게 말이 돼?! 일단 친구 사이로 만족하란 말이야!”

“그러니까! 내가 왜 저 여자에게 호의를 가지고 있다는 전제로 이야기를 하는 거냔 말이다! 너희 전부 정신이 나간 것 아니냐?! 저 여자를 만난 건 이번으로 겨우 세 번째다!”

듀크는 핏발선 눈으로 그렇게 말했지만 메구밍은 코웃음을 쳤다.

“당신은 위즈를 스토킹까지 해놓고 그런 소리를 늘어놓는 건가요? 게다가 마도구점 일을 관두고 집에 들어앉으라고 말한 사람은 바로 당신이잖아요!”

“뭐어?”

듀크는 하늘을 올려다보며 잠시 생각에 잠긴 뒤, 곧 두 손으로 얼굴을 감싸고 말했다.

“……내가 저 여자에게 관두라고 말한 건, 마왕군 간부다…….”

"…………예?"

메구밍이 영문을 모르겠다는 반응을 보이자 듀크는 기어 들어가는 목소리로 말했다.

"그러니까, 나는 마왕군 간부를 관두라고 말한 거다. 마도 구점과는 아무 상관도 없단 말이다……."

듀크는 지칠 대로 지친 표정으로 그렇게 말하더니 걸치고 있던 망토와 함께 옷을 벗어던졌다.

나와 아쿠아 이외에는 고개를 돌리려했지만 곧 위즈가 새된 어조로 말했다.

"아앗?! 그, 그건 마왕군의……!"

듀크의 가슴 부분에는 처음 보는 문양이 새겨져 있었다.

위즈는 그 문양을 보고 놀란 것 같았지만 우리의 눈은 다른 부분에 향하고 있었다.

"앗~! 너, 타천사였어?! 악마와 언데드를 싫어할 뿐인 선량한 사람인 줄 알았더니 너도 신의 뜻을 거역한 어리석은 녀석이었잖아!"

"시, 시끄럽다! 너야말로 언데드와 악마뿐만 아니라 여신 에리스의 험담도 할 만큼 나와 죽이 잘 맞는 벗인 줄 알았더니, 그 꼬락서니는 뭐냐! 네 녀석, 설마 성직자였냐?!"

듀크의 등에는 칠흑빛으로 물든 날개가 있었다.

아쿠아의 말을 들어보니 아무래도 이 녀석은 원래 천사였던 것 같았다.

가슴에 마왕군의 문양이 새겨져 있는 것을 보면 이 타락한 천사는 마왕군 소속인 것 같았다.

아쿠아는 으스대는 표정을 지은 뒤 분노에 찬 듀크 앞에서 가슴을 쫙 펴고 말했다.

"완전 멍청이네! 내가 누구인지 모르겠어? 이 타천사 따위가, 빨리 무릎 꿇어! 내 이름은 아쿠아! 전국 2천 만의 신도를 지닌, 아쿠시즈교의 신! 여신 아쿠아야!"

듀크는 눈을 치켜뜨고—.

"뭐야, 정신 나간 여자였군……."

"너, 딱 걸렸어~!"

아쿠아는 듀크의 말을 듣고 울먹거렸지만 퍼뜩 뭔가를 눈치챈 반응을 보였다.

"잠깐만, 진짜 약아빠진 자식이네! 신성 마법을 쓸 수 있었던 이유를 알겠어! 신의 뜻을 거역해서 타락해놓고, 자기가 위험할 때는 신의 슈퍼 파워를 빌려?! 쪽팔리지도 않나요~?!"

"시, 시끄러워! 우리 천사는 신들에게 혹사를 당해왔다! 그러니 그 대가로 힘을 좀 빌리는 것뿐이란 말이다! 따지자면, 미지급된 급료를 받는 것뿐이다! 너희는 모르겠지만, 여신이라는 것들은 하나같이……."

듀크가 말을 이으려던 바로 그때였다.

"후하하하하하하하! 후하하하하하하하하!"

사악함과 오만함으로 두루 갖춘, 남을 바보 취급하는 듯한 웃음소리가 들렸다.

묘지에 울려 퍼진 그 웃음소리의 주인은 대체 언제부터 거기에 있었던 것일까.

"이런 변경의 마을에 잘 왔다. 주제도 모르고 마왕군 간부 자리를 탐하는 자여. 빌어먹을 신의 잔심부름꾼답게, 타락하더니 더욱 한심해졌구나!"

턱시도를 깔끔하게 차려입고 가면으로 얼굴을 감춘 남자.

내다보는 악마이자 지옥의 공작, 대악마 바닐은 이 묘지 안에서 가장 높은 장소에 당당히 서 있었다.

6

"아무래도 적절한 타이밍에 도착한 것 같군. 이야, 하마터면 이 일대 이벤트를 놓칠 뻔했어!"

장난스러운 어조로 바닐이 말한 일대 이벤트라는 건 대체 무슨 소리지?

이 녀석도 원래는 마왕군의 간부였으니 듀크와 아는 사이인 걸까?

"……바닐 님, 이건 저와 위즈의 문제입니다. 전직 마왕군 간부라고 해도, 참견은 삼가 주시죠."

듀크는 바닐을 경계하는 것인지 슬금슬금 뒷걸음질을 치

면서 경계심을 품었다.

바로 그때였다.

"……속인 건가요?"

갑작스러운 난입자에게는 눈길 한 번 주지 않은 위즈가 고개를 푹 숙인 채 그렇게 중얼거렸다.

"속였다는 게 무슨 소리지? 나는 애초부터 마왕군 간부의 자리를 걸고 너에게 도전한 것이다. 처음 만났을 때 내가 옷을 벗으려고 했던 걸 기억하나? 그건 내 가슴의 문양을 보여주고 너에게 설명을 하려고 그랬던 거다."

듀크가 자세하게 설명을 했지만 위즈는 계속 고개를 숙이고 있었다.

"…………프, 프러포즈라고 생각했어요……. 태어나서, 처음으로 고백을 받은 건 줄……."

"그, 그랬군. 그건 미안하게 됐다. 그래도 이런 말을 하는 건 좀 그렇지만, 착각이 심한 것 아니냐? 아직 세 번 밖에 만난 적 없는 상대에게 느닷없이 구혼을 할 리가 없지 않나."

맞는 말이다.

그야말로 지당하기 그지없는 말이지만 위즈에게는 먹히지 않았다.

"저저, 저는, 진짜로 가게를 관둘지 말지 진지하게 고민하고, 또 고민했어요……! 하지만 바닐 씨가 불쌍해서 거절하자는 생각으로 여기에 온 건데……! 이 나이 되도록 시집 못 간 리치의 마음을 가지고 노는 게 그렇게 재미있나요?! 용서 못해요! 이런 굴욕은 처음 느껴봐요! 제가 아직 인간이던 시절, 바닐 씨와 싸우며 별의별 놀림을 당했을 때보다도 더 굴욕적이에요! 프, 프러포즈인 줄 알았는데……!"

"—풉! —푸풉! 후하! 후하~핫핫핫핫!"

위즈가 분노를 터뜨리는 가운데, 바닐은 뭐가 그렇게 웃긴지 배를 잡은 채 지면을 굴러다니며 웃어대고 있었다.

"바닐 씨, 뭐가 그렇게 웃긴 거죠?! 역시 이 상황을 내다봤던 거죠?! ……앗! 그러고 보니 「내다보는 악마가 선언하마! 그대가 그 남자의 마음에 응하는 순간. 그 무엇도 범접할 수 없을 만큼 최고의 환희와 행복을 누리는 자가 이 세상에 탄생할 것이다!」라는 말은 이걸 가리킨 건가요?! 최고의 환희와 행복을 누리는 사람은 제 악감정은 먹고 있는 바닐 씨죠?!"

"후하~핫핫핫핫! 후와하하하하하핫! 최고다! 오래간만에, 정말 끝내주는 악감정을 맛봤구나! 맛있어! 정말 맛있어!! 후와하하하하!"

"바닐 씨!"

위즈가 울상을 지으면서 깔깔 웃고 있는 바닐을 꾸짖는 가운데—.

"그, 그 점에 대해서는 미안하게 생각한다! 하지만 나도 할 말이 있어! 애초에 네가 마을 안에서 살고 있지 않았다면 나는 바로 문양을 보여주고 도전했을 거다. 그랬다면 착각할 일이 없었겠지. 그래. 네가 간부로서의 소임을 다하지 않고 인간의 마을에 살고 있으니까, 너 같은 얼간이에게 간부 자리를 맡겨둘 수 없다는 생각에 내가 이렇게 나선 거다!"

듀크가 언성을 높이며 그렇게 외치자 위즈는 고개를 치켜들면서 대꾸했다.

"저도 좋아서 마왕군 간부를 맡은 게 아니에요! 마왕 씨가 결계 유지를 할 수 있을 만큼 강한 마력을 지닌 사람이 없으니까 꼭 맡아달라고 하도 애원을 해서 맡은 거라고요! 그런 저보고 얼간이라니……!"

"얼간이인 건 사실이지 않느냐! 현재 마왕군 간부의 숫자가 너무 줄어서 결계를 유지하는 것조차 힘든 상황이란 말이다! 게다가 최전선의 요새마저 함락된 데다, 오래 전부터 은밀하게 진행되던 계략까지 실패로 돌아갔지."

……응?

"정보를 모아보니 그 모든 일에 저기 있는 약해빠진 인간이 관여했다는 것까지는 확인했다. 코볼트한테 살해당할 만큼 약해빠진 졸개라고 생각해서 얕본 바람에 일이 이렇게까지 된 거다. ……그래. 바로 너 말이다, 사토 카즈마."

듀크가 갑자기 나를 언급했다.

“술집에서 네놈과 마주쳤을 때, 너는 이렇게 말했었지? 「나는 너를 응원해」라고 말이다. 생각해보니 너는 그때 나를 방심시켰고, 지금은 이렇게 바닐 님까지 동원해 나를 완전히 포위했지. 크크큭, 대단한 책사인걸.”

내가 얼이 나가있는 동안에도 듀크는 계속 착각에 빠져 있었다.

뭐, 그 탓에 내가 곤란해질 일도 없으니 괜찮지만…….

이 상황에서는 「용케도 눈치를 챘군」 같은 소리를 하고 맞장구를 쳐주는 편이 좋을까.

“이미 이 사실은 보고서로 작성해서 마왕님에게 보냈다. 머지않아 이 마을은 마왕군의 최중요 공략 거점이 되겠지.”

“맙소사.”

이 자식, 그런 짓을 하면 어떻게 하냐고.

이제 겨우 하렘을 즐길 수 있을 만큼 생활이 안정됐는데……!

내가 그런 생각을 하는 와중에도 듀크는 자신만만한 미소를 지었다.

—그리고 무슨 말을 하려던 순간, 그대로 튕겨져 날아가고 말았다.

무슨 일이 일어난 건지는 모르겠지만, 듀크가 날아간 쪽을 쳐다보니—.

"어어……."

날아간 듀크는 그대로 묘비에 처박히고 말았다.

비틀거리면서 몸을 일으킨 듀크는 어떤 곳을 쳐다보았다.

그곳에는 무영창으로 마법을 펼친 듯한 위즈가 듀크를 향해 손바닥을 든 채 서 있었다.

"이 마을이 최중요 공략 거점? ……이곳이 공격을 받는다는 건가요?"

평소와 다르게 차갑기 그지없는 위즈의 목소리가 들린 순간, 누군가가 내 옷자락을 움켜잡았다.

고개를 돌려보니 아쿠아가 약간 겁먹은 표정을 짓고 내 등 뒤에 숨어서 위즈를 쳐다보고 있었다.

"어, 어이, 카즈마. 좀 큰일 난 것 아니냐? 이제 플레이를 즐길 여유는 없어 보이는구나. 그러니 바인드를 풀어다오."

바인드에 묶인 다크니스가 몸을 꿈틀거리며 그렇게 말했지만 지금은 그녀를 신경 쓸 때가 아니었다.

나는 딱 한 번, 저렇게 화가 난 위즈를 본 적이 있었다.

"드, 드디어 나와 싸울 마음이 든 건가. 그건 그렇고, 역시 리치는 대단하군. 무영창으로 이만한 위력의 마법을 펼칠 수 있다니 말이야. 쓸데없이 나이만 처먹은 게—."

듀크는 말을 끝까지 잇기도 전에 눈에 보이지 않는 마력 덩어리 같은 것을 맞고 또 묘비에 처박히고 말았다.

저렇게 화가 난 위즈한테 나이 이야기를 하는 건 불에 기름을 들이붓는 격이다. 어쩌면 저 녀석은 멍청이일지도 모른다는 생각이 들었다.

"카즈마, 왠지 분위기가 심상치 않아요. 좋아하는 사람의 몸 밑에 깔려 이렇게 밀착해 있는 것도 나쁘지 않지만, 그래도 이제 그만 떨어져주지 않겠어요? 일단 언제든 마법을 쓸 수 있도록 준비를 해두고 싶거든요……."

"자유롭게 해줬다간 또 눈치 없게 끼어들어서 막타를 날릴 거잖아. 위즈가 제대로 열 받은 것 같으니까 뒷일은 맡겨도 돼. 그냥 지켜보기나 하라고."

나는 메구밍을 향해 그렇게 말하고 상황을 지켜보았다.

우리가 아르칸레티아에 갔을 때의 일이다. 거기서 마주쳤던 마왕군 간부, 한스는 자기가 온천 관리인 할아버지를 잡아먹었다고 말했다.

위즈가 마왕군을 공격하지 않는 조건 중 하나는 일반인에게 해를 끼치지 않는 것이며, 한스는 그것을 어겼다. 그리고 위즈는 그런 한스를 아예 박살을 내줬던 것이다.

내가 주먹을 말아 쥐고 기대에 찬 눈으로 상황을 지켜보고 있을 때, 어느새 내 옆에 온 바닐이 입을 열었다.

"이제부터 벌어지는 일을 똑똑히 봐둬라. 내다보는 악마가 선언하마. 이제부터 정말 멋진 모습을 볼 수 있을 거다."

바닐이 즐거운 어조로 그렇게 말하자 나는 무심코 쓴웃음을 지었다.

이 녀석, 위즈한테 시집을 가라고 그렇게 성화였으면서, 액셀을 지키기 위해 듀크와 싸우려 하는 위즈의 모습을 정말 멋지다고 말하잖아.

어쩌면 이 녀석도 나와 마찬가지로 솔직함과는 거리가 먼 녀석일지도 모른다.

"크으으으으으으윽! 이, 인페……."

"『커스드 크리스털 프리즌』."

차가운 분위기를 두른 위즈는 듀크의 마법이 발동되기도 전에 그를 얼음 감옥 안에 가뒀다.

온몸이 아니라 상반신만 얼음에 갇혀서 호흡과 대화가 불가능해진 듀크는 얼굴이 새파랗게 질린 채 얼음을 깨기 위해 지면을 향해 상반신을 휘둘렀다.

하지만 그 정도로는 금조차 가지 않는 건지, 듀크의 몸에서 힘이 빠져나가기 시작하더니—.

"항복하겠어요?"

위즈는 그런 듀크에게 물었다.

그 작고 차분한 목소리가 얼음에 갇힌 듀크에게 들릴지는 의문이지만…….

듀크는 얼음에 갇힌 채, 공허한 시선으로 위즈를 쳐다보고 겨우겨우 고개를 끄덕였다.

—얼음에서 해방된 듀크는 기침을 하면서 힘없이 지면에 쓰러졌다.

그런 와중에 아쿠아가 희희낙락하며 위즈를 향해 뛰어갔다.

"위즈, 해냈구나! 자기를 찬 남자를 홧김에 빈사 상태로 만들다니 꽤 하네!"

"잠깐만요, 아쿠아 님! 홧김에 이런 짓을 한 게 아니에요!"

아쿠아가 말도 안 되는 소리를 하자 위즈는 울먹거리면서 항의했다.

나는 평소와 다름없는 위즈의 모습을 보고서야 한숨 돌렸다.

"어이, 바닐. 위즈가 착각을 했다는 걸 미리 알려주지 않은 거야? 그랬다면 일이 이렇게 커지기도 전에 결투로 적당히 결판이 났을 거잖아."

"맞다! 어이, 바닐! 네놈 때문에 나는 저 남자를 헌팅하려고 했단 말이다!"

바닐은 즐거운지 웃음을 흘리면서 나와 다크니스의 불평을 한 귀로 흘리더니—.

"그런 건 내가 알 바 아니다. 이 몸은 맛있는 악감정을 맛보기 위해서라면 무슨 짓이든 하지. 자기를 좋아하는 두 여자 사이에서 좋아죽으려고 하는 하렘 꼬맹이가, 어느 날 갑자기 그녀들에게 버림을 받는다면 또 끝내주는 악감정을 맛볼 수 있을 것 같군."

"그, 그런 짓은 꾸미지 마. 지, 진짜로 꾸미지 말아주세요……. 다음에 또 너희 가게의 아무 짝에도 쓸모없는 악성 재고품을 사줄게……."

나는 기어들어가는 목소리로 애원했고 바닐은 씨익 웃으면서 말을 이었다.

"그리고……. 이 사태는 아직 마무리되지 않았지."

"……뭐?"

바닐의 말을 듣고 듀크가 신경 쓰인 나는 그를 향해 고개를 돌렸다.

"저, 저 녀석, 뭐하는 거야?!"

나는 너무 경악스러운 상황을 본 나머지 무심코 그렇게 외쳤다.

듀크는 우리가 바보 같은 대화를 나누는 사이에 마법진을 그리더니, 그 마법진 위에서 검은색 나이프로 자신의 가슴을 찔렀다.

"결국 저질렀구나! 봐라, 소년! 저 녀석, 항복한 척 하면서 마도의 오의 중 하나인 리치가 되는 의식을 치렀다! 후하하하하하! 힘을 갈구한 나머지, 자신이 그렇게 혐오하고 매도하던 언데드가 되려고 할 줄이야! 후하하하하하! 정말 아이러니하구나!"

이 녀석, 왜 이런 상황에서도 이렇게 즐거워하는 거냐고!

듀크는 리치가 되기 전에도 위즈와 어느 정도 접전을 벌였다.

그런 존재가—.

"방심했구나, 위즈……. 오오……! 이 끝없이 샘솟는 강대한 마력을 봐라……. 아아, 검은 단검이 꽂힌 부분에서, 서서히 힘이 샘솟는다……! 내 몸의 세포 하나하나가 생명을 잃어가면서, 불사의 육체로 변하게는 게 느껴져! 나는 타락하기는 했지만 원래 천사였기에 이 수단만큼은 쓰고 싶지 않았는데, 어쩔 수 없지……. 자, 불사신끼리 끝없는 싸움을—!"

그런 녀석이, 최강의 언데드인 리치가 된다면……?!

"『세이크리드 턴 언데드』~."

"우갸아아아아아아아아아아!"

이렇게 되는 것이다.

리치 따위가 되어버린 순간, 눈치라고는 눈곱만큼도 없는 아쿠아가 정화 마법을 날린 것이다.

비명을 지르고 있는 듀크의 몸이 서서히 옅어졌다. 그리고 슬픈 표정을 지은 위즈가 그런 듀크에게 다가가더니 그의 몸에 손을 얹었다.

"뭐뭐뭐뭐, 뭐가 어떻게 된 거지……?! 나는 최강의 언데드, 리치가 됐는데, 대체 어째서……?!"

"저와 얽힌 바람에 이런 모습이 되어버렸군요……. 하다못해 고통 없이 보내드리겠어요……. 『드레인 터치』……."

위즈가 손으로 마력을 흡수하자 듀크의 몸은 더욱 흐릿해졌다.

"하, 하지마라! 기다려 다오! 이건 오해다! 오해란 말이다!"

자신이 곧 소멸될 거라는 사실을 눈치챈 듀크는 마지막 희망이라도 부여잡듯, 이 자리에 있는 이들 중에서 가장 말이 통할 듯한 위즈에게 매달렸다.

"오해? 리치까지 되어놓고, 대체 뭐가 오해라는 거죠?"

위즈도 이 상황에서 속을 만큼 물러터지지는 않은 건지, 굳은 목소리로 그렇게 대꾸했다.

"그 생각 자체가 오해란 말이다! 내내, 내가 리치가 된 건……. 그, 그래! 너에게 복수하기 위해서가 아니라, 불멸의 존재인 리치가 되어 너와 함께하기 위해서다!"

듀크가 방금 생각한 티가 풀풀 나는 변명을 늘어놓자, 그 온화한 위즈도—.

"마, 말도 안 돼……. 그, 그런 감언이설에 속을 것 같나요?!"

어, 아무래도 좀 먹혀들어간 눈치였다.

듀크조차도 그런 위즈를 보고 얼이 나가버렸지만 곧 퍼뜩 정신을 차리면서 말을 이었다.

"소, 속이려는 게 아니다! 나는 너와 싸우면서 진정한 사랑에 눈떴지. 그, 그렇다고 바로 결혼을 하자는 건 아니다. 그러니까……. 아까 네가 말했던 것처럼, 친구 사이로 시작하고 싶다!"

"우, 우선 친구 사이로……."

큰일 났다. 연애 경험이 없는 노처녀 위치에게 있어, 이 미남 타천사는 천적인 것 같았다.

이대로 위즈가 속아 넘어가기 전에, 확 메구밍에게 폭렬마법으로 해치워버리라고 할지 말지 고민하고 있을 때였다.

뭔가를 기대하는 것처럼 입가를 씰룩이고 있던 바닐이 위즈를 향해 말했다.

"툭하면 속아 넘어가는 어수룩 점주여. 너한테 가르쳐줄 게 있다. 타락 따위나 하는 저딴 말단 천사족은 악마족과 마찬가지로 성별이 없다."

그 말을 듣자마자 듀크를 밀쳐낸 위즈는 힘찬 목소리로 주문을 영창하더니―.

"잠깐……! 기다……!"

또 무슨 말을 늘어놓으려 하는 듀크를 향해―.

"『익스플로전』!!"

바닐이 숨도 제대로 못 쉴 만큼 웃어대고 바닥을 데굴데굴 굴러대는 가운데, 위즈가 울먹거리면서 폭렬마법을 펼쳤다―!

에필로그

위즈 마도구점의 문에는 웬일인지 폐점이라는 팻말이 걸려 있었다.

"우에에에에에엥! 너무해요! 정말 너무하다고요오오오오!"

가게 안에는 아직도 엉엉 울고 있는 위즈, 그리고 그 옆에서 필사적으로 웃음을 참고 있는 바닐이 있었다.

바닐은 요즘 들어 생기가 넘칠 뿐만 아니라 행복해 보였다.

아마 위즈에게서 매일같이 흘러나오는 악감정을 마음껏 맛보고 있는 것이리라.

"위즈, 우리 집에서 수확한 채소를 나눠줄 테니까 기운 좀 내. 너는 심성이 고운 애니까 분명 좋은 사람이 나타날 거야."

"으, 흑, 아쿠아 님……. 정말인가요? 이대로 시간만 계속 흘러가는 건 아닐까요……."

카운터에 엎드려 울고 있던 위즈는 아쿠아의 말을 듣고 슬며시 고개를 들었다.

"시간이 흘러도 괜찮아. 너는 불로불사잖아. 즉, 노화를 두려워한 나머지 타협을 할 필요가 없어. 이건 정말 이득 아냐?"

아쿠아가 아무 말이나 늘어놓으며 위로해주자 위즈의 표

정이 밝아졌다.

"그, 그래요. 저는 나이를 먹지 않죠! 조바심을 낼 필요도 없고, 타협을 할 필요도 없네요!"

"노화를 하지 않더라도, 호적상의 나이는 계속 늘어나지만 말이야."

"이 괴짜 악마야, 쓸데없는 소리 좀 하지 마! 위즈가 또 울음을 터뜨렸잖아!"

울고 있는 위즈에게는 미안하지만 나는 이 시끌벅적한 가게 안에서 평소와 다름없는 일상을 느끼며 안도했다.

듀크는 마왕군이 이 마을을 최중요 공략 거점으로 삼을 거라고 말했다.

하지만 아직 이 평화로운 풋내기 모험가의 마을은 공격을 받지 않았다.

이대로 계속 평화롭게 살아갈 수 있으면 좋겠지만—.

바로 그때였다.

"이익! 대체 언제까지 질질 짤 것이냐, 이 실연 점주야! 이제 그만 울음을 그치고 가게나 운영해라! 이 몸과의 약속을 지킬 거라면서? 현재 경영 상태로는 이 몸의 던전을 만드는데 몇 백 년이 들지 알 수가 없단 말이다. 이 몸도 불사지만, 던전이 완성되기 전에 인류가 멸망해버려선 의미가 없다."

"그런 건 저도 알아요……. 어차피 리치라는 존재는 누군가와 맺어지더라도, 언젠가는 상대를 먼저 보내고 고독을 맛볼 운명이죠……. 인류가 멸망한 후, 저는 외톨이가 될 거예요……."

위즈가 이번 일로 충격을 심하게 받았는지 울음을 그치지 못하자, 바닐은 땅이 꺼져라 한숨을 내쉬었다.

"정말……. 그대만 불로불사인 건 아니다. 우리 악마족도 나이를 먹지 않을 뿐만 아니라, 죽지도 않지. 언젠가 던전이 완성되어 모험가에게 토벌당하는 그 날까지는, 이 몸이 곁에 있어줄 테니까 기분을 풀어라. 나의 벗이여."

위즈는 그 말을 듣더니 바닐을 힐끔 쳐다보았다.

"……그럼 던전이 완성되지 않는다면, 바닐 씨는 쭉 제 곁에 있어주겠네요?"

"좋다. 당면한 목표는 네 녀석한테서 경영권을 박탈하는 걸로 해야겠군. 그런 녀석 상대로는 제대로 실력 발휘도 못했을 테지. 오래간만에 내가 상대해주마!"

바닐에게 멱살을 잡힌 위즈가 그대로 가게 밖으로 끌려 나갔다.

"잠깐만요, 바닐 씨! 방금 그건 농담이었어요! 죄송해요! 잘못했어요! 저, 열심히 일할게요! 열심히 일할 테니까, 용서해주세요!"

겨울이 성큼 다가와서 그런지 화창한 하늘 아래에서…….

위즈의 울음소리가 액셀 마을에 울려 퍼졌다.

"—이번 일도 잘 마무리되어서 다행이야."

"너, 그 광경을 두 눈으로 똑똑히 보고도 그런 소리를 하는 거냐?"

마도구점을 나선 우리는 군것질을 하면서 천천히 저택으로 돌아가고 있었다.

"……결혼인가요. 다크니스는 귀족 가문의 외동딸이니 이런 일은 남 일 같지 않죠?"

메구밍이 그렇게 말하자 다크니스는 당황한 것처럼 시선을 피하며 입을 열었다.

"아, 아버님이 이해심 넘치는 분이시라, 다른 귀족보다는 그나마 자유롭다고 할까……. 하지만 나도 나이를 꽤 먹었으니 이제 슬슬 결혼을 진지하게 생각해야겠지. 뭐, 나이로 본다면 가장 시급한 사람은 아쿠아—."

"저기, 카즈마. 최근에 알게 된 재미있는 이야기를 해줄게. 다크니스의 방에 가보니 말이지? 우리와 함께한 나날을 기록해둔 일기장이 있지 뭐야. 그런데 그 일기장을 둔 장소 밑에 이상한 장치가 되어 있는데, 거기에는 다크니스의 망상을 기록해둔—."

"아쿠아, 잠깐 나 좀 보자! 문단속을 철저히 했는데, 어떻게 내 방에 들어간 것이냐?! 그리고 어디까지 알고 있는 거지?"

재미있는 이야기를 해준다던 아쿠아는 다크니스에게 질질 끌려갔다.

그리고 저택이 보이기 시작했을 즈음, 메구밍이 불쑥 입을 열었다.

"카즈마는 장래에 자식을 몇 명 정도 두고 싶나요?"

"푸웁!"

나는 뜬금없는 말을 들은 나머지 그대로 사래가 들리고 말았다.

나는 아이들을 딱히 싫어하지 않는다.

아니 굳이 따지자면 좋아하는 편이다.

하지만 나는 얼마 전에 바닐에게서 만약의 사태에 대비한 에티켓 아이템을 샀다.

이 상황에서 뭐라고 대답하는 것이 정답인지 고민하고 있을 때, 우리가 사는 저택의 현관 앞에 서 있는 누군가가 눈에 들어왔다.

그 사람은 선물을 잔뜩 가지고 찾아온 홍마족이었다.

매번 이렇게 선물을 챙겨서 이 집에 찾아올 사람이라면 당연히 한 명뿐이다.

"융융이잖아요. 놀러 와보니 저희가 없어서 기다리고 있었던 건가요? 오늘은 뭘 하면서 놀까요? 오래간만에 다른 사람의 폭렬마법을 보고 피가 끓던 참이에요. 호수에 가서 누가 생선을 더 많이 잡는지 승부……."

그런 융융은 어딘가 좀 이상해 보였다.

혹시 또 성가신 일을 부탁받는 패턴인 걸까.

나도 이제 학습했다고.

"아, 저기……. 카즈마 씨에게, 부탁이 있어서……."

거봐. 내 예상이 맞잖아.

하지만 바로 그때, 메구밍이 나를 감싸려는 듯 앞으로 나섰다.

눈이 새빨개진 메구밍은 융융과 코가 맞닿을 정도로 얼굴을 밀착시키고 위협하는 어조로 물었다.

"카즈마에게 대체 무슨 부탁을 하려는 거죠? 다들 툭하면 이 남자에게 의지하려고 하는데, 부끄럽지도 않나요?!"

"너 탓에 시련에 두 번이나 실패해서, 이제 물러설 곳이 없단 말이야아아아아아앗!"

융융의 고함이, 맑은 하늘 아래에서 메아리쳤다—.

■작가 후기

『이 멋진 세계에 축복을!』 13권을 구매해주셔서 감사합니다!

시간 한 번 빠르게 흘러가는군요. 이 시리즈로 작가 데뷔를 한 저도 어느새 4년차 선수가 됐습니다.

이제 저도 베테랑 작가의 반열에 들었기에, 편집자 분들에게 다소 억지를 부릴 수도 있습니다.

예를 들자면 좋은 작품을 집필하기 위한 자료로 쓸 테니 이세계에 가서 진짜 고블린의 사진 좀 찍어다 주세요, 정도는 바로 오케이해줍니다. 그리고 신주쿠 역을 하루 빌려서 술래잡기를 하게 해달라는 것도 얼마든지 가능하죠.

그런 것에 비하면 마감을 설정하지 않고 한동안 백수 생활을 하고 싶다는 것은 식은 죽 먹기가…… 아닌 거군요. 죄송합니다. 앞으로도 최선을 다할게요.

자, 이번 권은 위즈와 바닐이 중심이 되어 이야기가 펼쳐졌습니다.

이 두 사람은 카즈마와 아쿠아 같은 관계지만, 한쪽이 성별 자체가 없는 존재이기에 러브코미디 같은 일은 벌어지지 않죠.

그러니 혼기 놓친 점주 씨는 영원히(이하 생략).

그리고 다음 권은 홍마족에 관한 이야기가 될 것 같습니다.

요즘 들어 존재감이 더 없는 외톨이 소녀는 구원받을 것인가. 그리고 그 소녀가 자기소개를 할 때 입에 담는 「홍마족의 족장이 될 자」라는 말은 변경될 것인가.

궁금하신 분은 다음 권을 꼭 읽어주시길!

—그러고 보니 『전투원, 파견합니다!』라는 신간을 냈습니다.

세계정복을 목전에 둔 악의 조직, 그곳의 말단 전투원이 새로운 침략지를 찾기 위해 다른 행성에 파견된다는 이야기입니다.

개조수술을 받은 전투원이 현대 병기로 마왕과 싸우는 판타지죠.

이 작품에도 관심이 있으시다면, 읽어봐 주십시오!

사실 이번 책을 내면서 많은 분들에게 사상 최고 수준의 폐를 끼쳤습니다만, 그래도 어찌어찌 간행이 되었습니다.

이건 전부 미시마 쿠로네 선생님을 비롯한 여러 관계자 여러분께서 힘써주신 덕분입니다.

이 책을 독자 여러분에게 전해드릴 수 있게 해주신 관계자 여러분에게 진심으로 감사드립니다.

그리고 무엇보다, 이 책을 읽어주신 모든 독자 여러분에게, 깊은 감사 인사를 드립니다!

아카츠키 나츠메

후기

우에엥——
아쿠아 니이이잉
울음 그쳐—
살다 보면 이럴 때도
있는 거야—
곧 좋은 사람이
나타날 거야
훌쩍
의외로
사이가 좋네…?
2017.12

NEXT
홍마족에 대대로 전해져 내려오는,
족장이 되기 위한 가혹한 시련.
그 시련을 받기 위해서는,
어떤 자격이 필요하다.
저기, 카즈마.
오늘 간식은 건어물 어때?
그 자격이란 바로,
자신이 신뢰할 수 있는
동료를 데려올 것.
어이, 아쿠아.
건어물만 먹으면 목이 멜 거다.
과일도 챙겨가자꾸나.
내가 물을 만들 수 있으니까,
음료수는 필요 없다고!
저, 저기, 누가
제 파트너 좀……!
COMING SOON!!
이 멋진 세계에 축복을! 14

■ 역자 후기

안녕하십니까. 근로청년 번역가 이승원입니다.

『이 멋진 세계에 축복을!』 13권을 구매해주셔서 진심으로 감사드립니다.

6월 밖에 되지 않았는데, 벌써부터 더위가 기승을 부리고 있습니다.

지난달만 해도 밤에 쌀쌀해서 전기 장판을 켰는데, 지금은 선풍기 없이는 잠도 못 잘 것 같네요.

그러고 보니 곧 장마가 시작될 테니 그 전에 방수 공사도 마무리를 지어야겠군요.

작년처럼 천장에서 샌 물이 컴퓨터에 직격해서 컴퓨터가 고장나버리는 사태가 벌어진다면…… 엉엉 울 자신이 있습니다, AHAHA.

일단 미리 날짜 정해서 악우들을 소환해야겠군요. 자장면 사준다고 불러서, 대문을 잠가 버린 다음, 공사 끝나면 탕수육까지 사준다고 속여서 마구 부려먹은 후, 돈 없으니 인스턴트 자장면이나 먹자! 같은 식으로 뒤통수를…… 진짜로 저렇게 했다간 절 잡아먹을 듯하니 냉장고에 가득 들어있는 만두라도 쪄서 대접해야겠습니다.

……그, 그 정도면 악우들도 저를 살려는 주겠죠? 그렇죠?!

그럼 본편에 관한 이야기를 해볼까 합니다.

스포일러가 포함되어 있을 수도 있으니 본편을 읽지 않으신 분들은 유의해주시길!

작가님께서도 말씀하셨다시피, 이번 13권은 위즈와 바닐을 중심으로 이야기가 전개되고 있습니다.

느닷없이 프러포즈를 받은 위즈. 고백을 한 남자와 행복한 가정을 꾸릴 것인지, 아니면 바닐과의 약속을 지키기 위해 마도구점을 계속 운영할 것인지, 선택의 기로에 선 그녀는 고뇌에 빠집니다. 그리고 고민에 잠긴 위즈를 보며 그녀를 향한 자신의 마음을 깨닫게 된 바닐! 결국 바닐은 누군가의 행복을 위해 그녀에게 본심을 밝히는데……!

…………거, 거짓말은 안 했습니다. 예, 안 했고말고요!

물론 밝히지 않은 진실은 있습니다만…… 그, 그 정도는 애교로 봐주시길!

확실한 건, 위즈와 바닐 또한 역시 이멋세의 캐릭터(?)라는 겁니다. 역시 전부 매력적인 캐릭터라니까요.^^

그럼 이만 줄이겠습니다.

L노벨 편집부 여러분. 항상 재미있는 작품을 맡겨주셔서 감사합니다. 앞으로도 잘 부탁드립니다.

아키하바라 3박 4일 다녀온 다음 달에 또 2박 3일로 일본 가는 악우여. 가는 건 말리지 않으마. 대신…… 게, 게임 좀 사다주시옵소서…….

마지막으로 언제나 제게 버팀목이 되어주시는 어머니와 『이 멋진 세계에 축복을!』을 읽어주신 모든 분들에게 진심으로 감사드립니다.

홍마족의 폭주(?)가 기대되는 14권 역자 후기 코너에서 다시 뵙겠습니다!

2018년 6월 초

역자 이승원 올림

이 멋진 세계에 축복을! 13
리치에게 보낸 도전장

1판 1쇄 발행 2018년 7월 10일
1판 9쇄 발행 2022년 1월 10일

지은이_ Natsume Akatsuki
일러스트_ Kurone Mishima
옮긴이_ 이승원

발행인_ 신현호
편집장_ 김승신
편집진행_ 권세라 · 최혁수 · 김경민 · 최정민
편집디자인_ 양우연
관리 · 영업_ 김민원

펴낸곳_ (주)디앤씨미디어
등록_ 2002년 4월 25일 제20-260호
주소_ 서울시 구로구 디지털로 26길 111 JnK디지털타워 503호
전화_ 02-333-2513(대표)
팩시밀리_ 02-333-2514
이메일_ lnovellove@naver.com
L노벨 공식 카페_ http://cafe.naver.com/lnovel11

ISBN 979-11-278-4563-6 04830
ISBN 979-11-278-4330-4 (세트)

값 7,000원

L NOVEL

데스마치에서 시작되는 이세계 광상곡 1~12권

아이나나 히로 지음 | shri 일러스트 | 박경용 옮김

한창 데스마치를 치르던 프로그래머 스즈키 이치로(29).
『사토』란 닉네임을 쓰는 그가 잠시 잠들었다 깨어나 보니
듣도 보도 못한 이세계에 방치되어 있었다!
혼란에 빠질 틈도 없이 눈앞에는 처음 보는 괴물의 대군이 다가오고,
하늘에서는 유성우가 쏟아진다.
정신을 차리고 보니, 최강 레벨의 힘과 막대한 부를 손에 넣었는데……?!
이렇게 사토의「유유자적, 가끔 시리어스, 그리고 하렘」인
이세계 모험담이 시작된다!!

최강 레벨과 막대한 재보를 가지고
시작되는 유유자적 이세계 관광!!

L NOVEL

라이트노벨의 새로운 빛! L노벨의 신간은 매월 10일에 발매됩니다. http://cafe.naver.com/lnovel11